M. S. GLASER

Agenten, Saboteure und Deserteure

AF191760

Handlung:

Spätherbst 1940. In einer stürmischen Nacht entwendet der MI6-Agent Quint die streng geheimen Unterlagen für die unter dem Decknamen «Unternehmen Seelöwe» geplante Invasion Englands aus dem Panzerschrank eines deutschen Generalmajors. Es gelingt ihm, das gut gesicherte und bewachte Grundstück mitten im Wald ungeschoren mit den Geheimdokumenten zu verlassen. Doch als der Zug, der Quint als Fluchtmittel dient, mitten in der Nacht auf einem Bahnhof rangiert und umgestellt wird, gerät der minutiös ausgearbeitete Plan für sein Entkommen aus dem Feindgebiet ins Wanken. Auch der frisch zugestiegene Passagier in Wehrmachtsuniform gibt dem Agenten Rätsel auf. Je länger die Flucht dauert, desto offensichtlicher werden die Aktivitäten rivalisierender deutscher Geheim- und Abwehrdienste sowie militärischer Polizeiorgane, die ihm dicht auf den Fersen zu sein scheinen – oder gar einen Schritt voraus.

Autor:

M. S. GLASER lebt in der Ostschweiz. Aufgewachsen in unmittelbarer Nähe einer bis fast zur Jahrtausendwende streng geheimen unterirdischen Militäranlage aus dem Zweiten Weltkrieg, wurde schon früh sein Interesse für Spionageabwehr und Geheimdienste geweckt. Nach «Spione, Soldaten und Verräter», «Halunken, Türme und Justitia» und «Grafen, Täuscher und Wachsfiguren» ist dies sein vierter Roman der Quint-Reihe, der diesmal wieder in Quints aktiver Geheimdienstzeit spielt.

M. S. GLASER

Agenten, Saboteure und Deserteure

Roman

Bibliografische Information der Deutschen Nationalbibliothek: Die
Deutsche Nationalbibliothek verzeichnet diese Publikation in der Deut-
schen Nationalbibliografie; detaillierte bibliografische Daten sind im
Internet über dnb.dnb.de abrufbar.

© 2023 M. S. GLASER

Herstellung und Verlag:
BoD - Books on Demand, Norderstedt

ISBN: 9783757804206

Prolog

Spätherbst 1940. Der gespenstische Schatten, den der Schein des Feuers im offenen Kamin an die Wand malte, bewegte sich endlich wieder, als sich der seit geraumer Zeit über die MI6-Personalakte gebeugte Offizier hinter dem wuchtigen Schreibtisch in seinem Sessel aufrichtete.

Die Haltung des schlanken Besuchers straffte sich unmerklich ebenfalls. Mit gleichmütigem Gesichtsausdruck wartete er die Reaktion des Uniformierten ab.

«Und Sie sind sich hundertprozentig sicher, dass er der Richtige für dieses Unternehmen ist? Ich brauche Ihnen ja nicht zu erklären, was davon abhängt, dass er das Material über die geplante Invasion sicher nach Hause bringt.»

«Absolut, Major. Er ist einer der Besten. An seiner Eignung für diesen Einsatz besteht nicht der geringste Zweifel. Ausserdem hält er sich bereits in der Gegend auf.»

«Gut.» Der Offizier erhob sich. «Sorgen Sie dafür, dass er jegliche Unterstützung bekommt, die er für die erfolgreiche Durchführung seiner Geheimmission benötigt! Ich werde inzwischen alles Weitere veranlassen.»

Als der Mann in Zivil bereits an der Tür war, mahnte der Major: «Und noch etwas, Fogerty: Sollte dieses Unternehmen misslingen, so werde ich Sie persönlich dafür zur Verantwortung ziehen!»

«Das wird es nicht», entgegnete Fogerty gelassen.

1. Kapitel

Zwei Wochen später. Wütend peitschte der Westwind den Regen über das mit Stacheldraht und einem hohen Maschendrahtzaun gesicherte Grundstück. Die Bäume des Wäldchens bogen sich ächzend unter der Gewalt des Herbststurms und liessen ihr ohnehin nur noch spärlich vorhandenes Laub widerstandslos fallen. Hin und wieder brach laut knackend ein Ast und schlug krachend auf dem Kiesweg auf, der zum Haus mit den hell erleuchteten Fenstern im Erdgeschoss führte.

Mit gesenkten Köpfen stemmten sich die beiden Wachsoldaten gegen den heulenden Wind, der ihre Augen tränen liess, und patrouillierten erneut im Abstand von wenigen Metern an ihm vorbei, ohne etwas von seiner Anwesenheit zu ahnen. Kein halbwegs vernünftiger Mensch trieb sich an diesem ungemütlichen Novemberabend im Freien herum, wenn er nicht unbedingt musste – oder wenn er sich nicht kurz vor dem Ziel seines geheimen Auftrags im Feindesland wähnte.

Nachdem er sich in der Dämmerung geduldig mit den unglaublichsten Verrenkungen seines athletischen Körpers vorsichtig durch den Stacheldraht gewunden hatte, stellte der Maschendrahtzaun nun das letzte statische Hindernis zwischen ihm und dem stattlichen Gebäude dar. Aber noch war der richtige Zeitpunkt für dessen Überwindung nicht gekommen.

Im Lichtkegel der Autoscheinwerfer wurde der Regen zu einem schier undurchdringlichen Vorhang. Vom Motorgeräusch des Wagens, der sich langsam dem geschlossenen Tor im Zaun näherte, war bei dem sich allmählich zu einem Orkan steigernden Sturm nichts zu hören. Auf Quints regennassem Gesicht erschien ein zufriedenes Lächeln. Der Besuch traf also endlich ein. Die Verspätung musste man ihm bei diesem Wetter nachsehen.

Ein Soldat trat aus der Dunkelheit in das schwache Licht der Zufahrtsbeleuchtung und öffnete das Tor. Als der Wagen passierte, stand der Posten stramm und salutierte, wobei ihn der Wind aus dem Gleichgewicht brachte und beinahe gegen die linke Fahrzeugseite prallen liess. Nachdem er sich gefangen und die beiden Flügel wieder geschlossen hatte, verschwand er in den schwarzen Schatten ausserhalb des beleuchteten Bereichs.

Als der Wagen unmittelbar vor dem Hauseingang hielt, kniete Quint bereits an der zuvor ausgewählten Stelle und schnitt mit seiner kleinen Drahtschere dicht über dem Boden ein Loch in den Zaun. Auf dem Rücken schob er sich durch die Lücke, die gerade gross genug dafür war, und blieb auf der anderen Seite einige Sekunden lang reglos liegen.

Wie erwartet passierte nichts. Sofern die Patrouille ihren Turnus nicht änderte, würde sie frühestens in zehn Minuten wieder hier sein. Mehr als genug Zeit also, um unbehelligt den Standort zu wechseln.

Mit einer schwungvollen Bewegung kam Quint auf die Beine und rannte geduckt über das offene Gelände; ein von Kopf bis Fuss schwarz gekleideter Schatten in der Finsternis einer mondlosen Sturmnacht, in der jeder verräterische Laut durch die Geräusche der Natur übertönt wurde.

Neben einem Schuppen verlangsamte er seinen Lauf,

ging weiter bis zum Ende der Seitenwand und schob sich mit gegen das Holzgebäude gepresstem Rücken vorsichtig um die Ecke. Von hier hatte er freie Sicht auf die Ostfassade des Hauses. Den Blick auf das helle Fenster des Arbeitszimmers gerichtet, verharrte er bewegungslos und wartete geduldig, während der Wind wütend an der Kapuze seiner Jacke zerrte.

Nach einigen Minuten betraten zwei uniformierte Männer den Raum. Der Besucher überreichte Generalmajor Buchholz eine Mappe, die der Gastgeber in seinen Safe legte. Während der Generalstabsoffizier die Tür des imposanten Tresors wieder verschloss, grinste Quint spöttisch. Die Mühe hätte sich der Fettwanst ebenso gut sparen können.

Als die beiden Wehrmachtsoffiziere das Zimmer verliessen, ohne das Licht zu löschen, schnitt er eine Grimasse. Er hätte es vorgezogen, in einen unbeleuchteten Raum einzusteigen. Aber es würde auch so gehen. Da die beiden Deutschen offensichtlich wie erwartet vor der Besprechung ihr verspätetes Abendessen einnahmen, blieb ihm genügend Zeit für den Coup. Sobald die Patrouille diese Stelle wieder passiert haben würde, konnte er beginnen.

Kurz darauf war es so weit. Lautlos wie Gespenster tauchten die Soldaten aus der Finsternis auf, durchquerten den aus dem Fenster fallenden Lichtstrahl und verschwanden wie ein Spuk wieder aus seinem Blickfeld.

Los! Mit weitausgreifenden Schritten eilte er auf das Haus zu. Ohne in den Lichtstrahl zu geraten, näherte er sich dem Fenster von der Seite, blieb stehen und sah sich nach allen Seiten um, während seine rechte Hand bereits eine Rolle Klebeband aus der Jackentasche zog. Schnell

10

verklebte er ein Stück der Scheibe neben dem Fenstergriff, damit es nicht unkontrolliert herausfallen konnte, tauschte die Rolle gegen einen Glasschneider und schnitt ein gut faustgrosses Stück heraus.

Sorgfältig entfernte er die Scherbe mit dem Klebeband und legte sie neben sich auf den Boden. Nach einem weiteren Kontrollblick richtete er sich vorsichtig auf und spähte über das Fenstersims, während er dünne Lederhandschuhe anzog und die linke Hand behutsam durch das Loch in der Scheibe steckte. Ganz langsam, um sich nur ja nicht zu verletzen und eine Blutspur hinter sich herzuziehen, drehte er den Griff und zog die Hand wieder zurück. Der Weg war frei.

Dankbar dafür, dass der Wind von Westen kam, drückte Quint den Flügel auf und schwang sich über das Sims in den Raum. Sofort schloss er das Fenster hinter sich und ging mit leisen Schritten zielstrebig auf den Tresor zu. Nach den vergangenen Stunden draussen im Sturm kam ihm die relative Ruhe im Haus fast unnatürlich vor.

Seine innere Anspannung verstärkte sich, als er den Doppelbartschlüssel aus einer Innentasche mit Reissverschluss zog. Würde er tatsächlich passen? Was, wenn nicht? Energisch schob er den Gedanken beiseite. Bis jetzt war alles genau nach Plan verlaufen. Seine geheime Mission war sehr gründlich ausgekundschaftet und vorbereitet worden.

Entschlossen steckte er das Duplikat ins Schloss. Der Schlüssel liess sich problemlos drehen. Eine Welle der Erleichterung durchflutete Quint. Der MI6 musste ganz offensichtlich hervorragende Spione in wichtigen Positionen der Wehrmacht sitzen haben.

Als er die schwere Tür aufzog, vernahm er ein entferntes Husten. Für den Bruchteil einer Sekunde zögerte er, doch dann packte er die braune Ledermappe, riss sie aus dem Safe, drückte die Panzertür in der Eile geräuschvoll zu, verschloss sie und steckte den Schlüssel ein. Sofern er hier noch rechtzeitig und ungesehen rauskam, konnte ihm ein geschlossener Safe wertvolle Minuten verschaffen. Vor allem aber wollte er den Schlüssel keinesfalls hier zurücklassen.

Das neuerliche Husten klang bedrohlich nahe. Der Mann musste schon fast vor der Zimmertür sein. Mit einem Satz war Quint beim Schreibtisch, warf ein paar Dokumente auf den Boden und eilte zum Fenster. Vielleicht lenkte sein Täuschungsmanöver die Gegner noch etwas von seiner wirklichen Tat ab. Jetzt konnte jede Sekunde darüber entscheiden, ob er noch durch den Zaun kam, bevor jemand Alarm schlug!

Während er das Fenster öffnete und sich auf die Brüstung setzte, klopfte es zögerlich an die Tür. Der Hausherr war es also nicht. Mit etwas Glück konnte ihm die Flucht vom Gelände noch gelingen. Kurz bevor er sich abstiess, hörte er noch, wie die Türklinke niedergedrückt wurde. Dann war er draussen.

Die kostbare Mappe unter den linken Arm geklemmt, sich dicht an der Hauswand haltend, rannte er in die Dunkelheit. Als er um die Ecke bog, wurde er von einer Windböe beinahe umgerissen. Der unvermittelt sein Gesicht treffende Luftdruck war so stark, dass es ihm den Atem verschlug und er sich umdrehen musste, um wieder Luft zu bekommen.

Tief vornübergebeugt hastete er weiter, in seinem Tempo immer wieder durch den Sturm behindert. Die

Strecke zu seinem persönlichen Schlupfloch von diesem wie ein Gefängnis gesicherten Grundstück kam ihm unendlich lang und beschwerlich vor. Jeden Moment konnte Alarm gegeben werden und die Jagd auf den Einbrecher beginnen.

Der nur wenige Meter vor ihm über den Zaun wandernde Lichtstrahl einer Lampe liess Quint abrupt stoppen. Genau dort war die Lücke! Im selben Augenblick stiess der Wachposten auch schon einen überraschten Ruf aus. Dieser Weg war ihm versperrt!

Er machte auf dem Absatz kehrt und entfernte sich ohne hektische Bewegungen mit dem Wind von der Gefahrenstelle. Jeden Meter, den er hinter sich brachte, ohne dass ein scharfer Befehl gerufen wurde, empfand er wie ein Geschenk. Innerlich bedankte er sich zum wiederholten Male bei Petrus für die geradezu perfekten Wetterverhältnisse.

Zehn Schritte weiter warnte ihn ein starkes Kribbeln im Nacken vor akuter Gefahr. Er konnte fast körperlich spüren, wie ihn der Lichtkegel der Lampe kurz streifte, zurückschwenkte und auf seinen Rücken gerichtet blieb.

«Halt! Stehenbleiben!»

Quint spurtete los und schlug mehrere Haken, um den Lichtstrahl abzuschütteln.

«Stehenbleiben!», schrie die bereits deutlich gedämpfter klingende Stimme. «Oder ich schiesse!»

Im Laufen riss Quint den Reissverschluss seiner Jacke bis zum Bauchnabel auf, stopfte die Ledermappe zwischen der offenen Kette hindurch und zog den Schieberkörper wieder bis zum Stoppteil hoch. Die linke Hand fuhr in die Jackentasche und umfasste mit festem Griff die Drahtschere.

Fünfzehn Sekunden später rannte er mit vollem Tempo gegen den Zaun, wurde durch die Wucht des unerwarteten Aufpralls zurückgeworfen und landete unsanft auf dem mit Laub, Zweigen und kleinen Ästen übersäten Boden. Sofort kam er auf die Knie und begann in fieberhafter Eile, ein zweites Loch in das grobe Drahtgeflecht zu schneiden.

Endlich war er durch! Aus der Richtung des Hauses waren nun aufgeregte Zurufe zu hören. Die Meute schien sich zu organisieren. Unabhängig davon, ob der Diebstahl der Ledermappe bereits bemerkt worden war, oder ob die beiden Offiziere das Verschwinden der streng geheimen Invasionspläne für England erst in Kürze feststellen mochten: Sie würden ihn erbarmungslos jagen, bis er entweder zur Strecke gebracht oder ihnen endgültig entkommen war.

2. Kapitel

«Scheisswetter!», fluchte der Gefreite und versuchte, den von einer besonders heftigen Windböe erfassten Kübelwagen mit routiniertem Gegenlenken unversehrt durch die Kurve zu bringen. Die Hinterräder des geländegängigen Einheits-Pkw kamen auf der nassen Strasse für einen kurzen Moment ins Rutschen, aber Klaus Fechner war ein ausgezeichneter Fahrer.

Als das Fahrzeug wieder ruhig auf der Strasse lag, entspannte sich Unteroffizier Mallmann auf dem Beifahrersitz. Obwohl er nicht im Geringsten an den fahrerischen Qualitäten seines alten Schulfreundes zweifelte, fieberte er in solchen Situationen stets mit, als ob er selbst am Steuer sässe. Und in dieser stürmischen Novembernacht konnte man ihm dies auch nicht verdenken.

«Ich bin ja gespannt, was so wichtig ist, dass uns der elende Schinder mitten in der Nacht durch diesen Herbststurm jagt!», brüllte Fechner, um den Lärm in dem nur mittels Frontscheibe, vier Seitentüren mit Steckfenstern und dem Verdeck vor Wind und Wetter schützenden Fahrzeug zu übertönen. «Das ist bestimmt wieder reine Schikane! Irgendwann knalle ich dem Drecksschwein eins vor den Latz, dass er seine krummen Zähne verschluckt, das sage ich dir!»

«Gut möglich!», bestätigte der Unteroffizier in derselben Lautstärke und liess offen, auf welchen Teil von Fechners Aussage sich seine Antwort bezog. Mit grösster Konzentration starrte er auf den pechschwarzen Teer der

Überlandstrasse, der das Licht der Fahrzeugscheinwerfer regelrecht aufzufressen schien, als ob die durch den Regen ohnehin schon stark beeinträchtigte Sicht noch nicht schlecht genug gewesen wäre.

«Ausserdem hat der Mistkerl mein Urlaubsgesuch schon wieder abgelehnt! Aber wenn er glaubt, dass er mich so …!»

«Pass auf!»

Es hätte keiner Warnung bedurft, denn Fechner tat bereits alles Menschenmögliche, um die drohende Kollision zu verhindern. Doch auf dem nassen Laub in der unübersichtlichen Kurve brach das Heck bei der erforderlichen Kurskorrektur aus. Der Wagen drehte sich dadurch stärker als geplant und kam schliesslich abrupt zum Stehen, als er das offensichtlich verunfallte Fahrzeug an der rechten hinteren Ecke touchierte.

«So ein verfluchter Mist! Das hat mir gerade noch gefehlt!» Wütend liess Fechner das Lenkrad los und hieb mit beiden Fäusten drauf.

«Der ist frontal gegen den Baum geknallt! Was ich bis jetzt von der Karre sehen konnte, war ziemlich übel zugerichtet! Fahr ein Stück vor, damit ich aussteigen kann! Der Kotflügel ist sowieso schon verbeult! Viel schlimmer kann es kaum mehr werden!»

Während Thorsten Mallmann nach der zwischen seinen Füssen auf dem Bodenblech liegenden Lampe griff und wartete, bis er genug Platz zum Aussteigen hatte, löste Fechner den Kübelwagen vom fremden Fahrzeug und hielt dicht dahinter am Strassenrand. Gleichzeitig stiegen sie aus und kämpften sich gegen den Wind, der von Minute zu Minute stärker zu werden schien, zum Unfallwagen zurück.

Langsam liess der Unteroffizier den Schein seiner starken Lampe über den Pkw wandern, der mit aufgesprungener Motorhaube und eingedrückter Front vor der dicken Buche stand, gegen die er mit grosser Wucht geprallt sein musste, nachdem er zuvor auf die Gegenfahrban geraten war.

Der Mann auf dem Beifahrersitz war zweifellos tot. Er musste bei dem heftigen Aufprall mit dem Kopf gegen die Frontscheibe geknallt sein. Aber daran war er mit ziemlicher Sicherheit nicht gestorben. Die Todesursache schien viel eher auf den Genickschuss zurückzuführen zu sein. Da der Fahrer nicht mehr im Wagen sass, bestand zumindest die Möglichkeit, dass er geschossen hatte – und dass er sich vielleicht noch ganz in der Nähe herumtrieb!

Fast gleichzeitig zogen Mallmann und Fechner die Pistolen aus den Holstern und entsicherten sie.

«Weg hier!» Fechner wandte sich ab.

«Warte!» Sein Vorgesetzter starrte angestrengt auf den Fahrzeugboden, wo seine Lampe hinter dem Fahrersitz etwas beleuchtete, das ihn förmlich elektrisierte.

«Was ist denn? Lass uns endlich von hier verschwinden! Ich bin nicht scharf auf eine Kugel in den Rücken! Wer weiss …!»

«Sieh dir das an!», unterbrach ihn Mallmann in militärischem Befehlston.

Widerstrebend kam der Gefreite der Aufforderung nach und blickte unbehaglich dorthin, wo sein alter Weggefährte den Lichtkegel verharren liess. «Das sind ja Geldscheine! Und eine Strumpfmaske!»

«Genau! Ich glaube, die haben jemanden überfallen und ausgeraubt! Vielleicht sogar eine Bank! Komm, wir müssen auf die andere Seite!» Mallmann eilte um das Fahrzeugheck herum zur offenen Fahrertür, steckte seine Pistole in die Rocktasche, klappte den Sitz nach vorn und beugte sich in den Fond. Mit der freien Hand griff er nach der offenen Stofftasche zwischen den Sitzen, die beim Unfall umgekippt sein musste und dadurch den Blick auf ein Notenbündel und die Maske freigab.

«Donnerwetter!», entfuhr es Fechner, als der Unteroffizier ihm die Tasche in die Hand drückte und den Inhalt aus nächster Nähe beleuchtete. «Die haben ja ganz schön abkassiert! Die müssen tatsächlich eine Bank geplündert haben!»

«Scheint so! Das sind bestimmt an die fünfzigtausend Piepen! Vielleicht sogar mehr! Komm, wir werfen sicherheitshalber auch noch einen Blick in den Kofferraum! Und dann aber nichts wie weg hier!»

«Du meinst, wir sollen uns das Geld einfach unter den Nagel reissen?»

«Willst du es etwa lieber hier liegenlassen?» Mallmann öffnete hastig den Kofferraumdeckel, stellte leicht enttäuscht fest, dass der Stauraum leer war, und knallte ihn wieder zu. «Los, weg jetzt!»

In Rekordzeit sassen die beiden Männer in ihrem Wagen. Fechner fuhr augenblicklich los und beschleunigte zügig.

«Pass auf, dass du keinen Unfall mehr baust – oder am Ende gar noch den geflohenen Bankräuber überfährst, falls der sich noch irgendwo hier herumtreibt! Und halt einen Moment die Klappe, ich muss nachdenken!»

Der Gefreite tat wie geheissen und konzentrierte sich voll und ganz auf die Strasse. Wenn Thorsten Mallmann nachdenken wollte, musste man ihn in Ruhe lassen. Ausserdem waren die Verhältnisse in dieser Nacht auch für einen Fahrer wie ihn anspruchsvoll genug. Es begann bereits wieder stärker zu regnen, und der Wind hatte nichts von seiner Kraft eingebüsst.

«Dreh bei der erstbesten Gelegenheit um!», forderte Mallmann unvermittelt.

«Was?»

«Du sollst wenden! Es ist besser, wenn wir dem Unfallfahrzeug angeblich nie begegnet sind! Möglicherweise ist die Polizei bereits im Anmarsch! Wenn die uns mit dem ramponierten Kotflügel und dem Geld erwischen, wird es schwierig werden, sie von unserer Unschuld zu überzeugen! Das Märchen vom ehrlichen Finder, der das Geld bei der nächsten Polizeistation abliefern und den Unfall melden will, wird uns keiner abkaufen!»

«Das glaube ich allerdings auch!», pflichtete Fechner seinem Kumpel bei. «Aber was willst du Kemmerich für eine Lüge auftischen, wenn wir zurück sind? Der wird Gift und Galle spucken, wenn wir den Auftrag nicht befehlsgemäss ausgeführt haben!»

«Bis dahin wird uns schon etwas einfallen. Eine Reifenpanne zum Beispiel! Damit liesse sich auch der zerknautschte Kotflügel erklären! Wir sind durch den defekten Pneu ins Schleudern geraten und mit einem Baum kollidiert! Aber eins nach dem anderen. Erstmal müssen wir dafür sorgen, dass uns die Polizei nicht zu Gesicht bekommt!»

Kurze Zeit später tauchte ein von der Strasse abgehender Feldweg vor ihnen auf. Fechner bremste dosiert ab, wendete zügig, und weniger als eine Minute später fuhren sie in die entgegengesetzte Richtung.

«Hoffentlich ist noch niemand da!», übertönte Fechner

19

den Lärm, als sie sich dem Unfallort näherten. «Sonst fällt dein schöner Plan ins Wasser!»

Doch Klaus Fechners Sorgen erwiesen sich als unbegründet. Sie fanden die Unfallstelle noch genau gleich vor wie beim ersten Mal.

«Irgendwie merkwürdig, dass vom Fahrer jede Spur fehlt», überlegte Mallmann laut, als sie vorbei waren. «Angenommen, er hat seinen verletzten Komplizen sicherheitshalber erschossen, damit er ihn nicht verraten kann, weshalb ist er dann ohne das Geld geflüchtet?»

«Vielleicht ist er ebenfalls verwundet und nicht mehr in der Lage, noch Ballast mitzuschleppen. Oder es war noch eine zweite Tasche oder etwas ähnliches da, das er mitgenommen hat. Eigentlich ist mir das vollkommen egal! Ich bin heilfroh, dass er uns nicht auch hinterrücks abgeknallt hat!»

Nach knapp zehn Minuten des Schweigens, in denen beide Soldaten tief in Gedanken versunken und nur der Fahrzeugmotor und der Sturm zu hören gewesen waren, rief Mallmann plötzlich: «Stopp!»

Augenblicklich bremste Fechner. «Was ist?»

«Wende beim Feldweg dort und fahr zurück zu dem Baum auf deiner Seite, an dem wir vor etwa einer Minute vorbeigefahren sind!»

«Wozu denn das nun wieder?», maulte Fechner, führte den Auftrag aber bereits gehorsam aus. «Ich denke, du willst so weit wie möglich vom Unfallort weg sein, wenn die Polizei angebraust kommt!»

«Ja, aber wir müssen unsere Geschichte möglichst glaubhaft mit Tatsachen untermauern! Deshalb wirst du den Baum mit dem lädierten Kotflügel streifen! Damit tauschen wir sozusagen die Farbe des anderen Wagens gegen Baumabschürfungen aus, und der Baumstamm erhält die entsprechenden Spuren! Was die Reifenpanne angeht, so denke ich, dass wir aus Zeitgründen auf den Radwechsel verzichten und stattdessen einfach die Luft aus dem Reserverad lassen sollten. Wenn wir es auf einer nassen und schmutzigen Stelle ein Stück rollen, und das Werkzeug ebenfalls nass machen und mit Dreckspritzern versehen, müsste es eigentlich genügen. Schliesslich sind wir Soldaten, keine Buschräuber!»

Als sie beim Baum angekommen waren, stieg Mallmann aus und wartete neben der Strasse, bis Fechner dem Kotflügel erneut ein anderes Aussehen verliehen hatte. Mit einem zufriedenen Nicken begutachtete er anschliessend im Licht seiner Lampe das Resultat und signalisierte dem Gefreiten, ebenfalls auszusteigen. Gemeinsam präparierten sie Reserverad und Werkzeug wie zuvor besprochen und verstauten alles wieder an seinem Platz.

«Gut, und nun fährst du zum Wenden rückwärts neben die Strasse; aber nur mit den Hinterrädern! So, dass man die Spuren gut erkennen kann. Weiter als bis hierher sind wir offiziell gar nicht gekommen, und somit können wir auch nichts von dem verunfallten Fahrzeug und allem, was damit zusammenhängt, wissen!»

«Dein Wort in Gottes Ohr!» Fechner klemmte sich wieder hinter das Lenkrad und führte das von ihm verlangte Wendemanöver aus. Dabei verursachte er absichtlich etwas mehr Flurschaden als unbedingt notwendig. Schliesslich sollten die Spuren gut sichtbar sein. Und etwas Dreck auf der Strasse konnte bestimmt auch nicht schaden. Es war immerhin Nacht – und obendrein noch ein elendes Sauwetter.

«Jetzt soll uns mal jemand beweisen, dass wir den Blechschaden woanders fabriziert haben!», triumphierte Fechner, als Mallmann wieder neben ihm sass, und er losfuhr. «Die Idee ist genial, Thorsten!»

«Kein Grund, deswegen übermütig zu werden, Klaus!», dämpfte der Unteroffizier die Euphorie seines Komplizen. «Bevor wir das Geld nicht an einem sicheren Ort versteckt haben, ist die Sache noch keineswegs in trockenen Tüchern! Ausserdem steht uns eine sehr unangenehme Unterredung mit Kemmerich bevor! Und damit meine ich nicht nur den kaputten Kotflügel! Er wird uns garantiert zur Schnecke machen, weil wir wegen der angeblichen Streifkollision mit dem Baum seinen Auftrag nicht ausgeführt haben!»

Für eine Weile versanken beide wieder in nachdenkliches Schweigen, bis Fechner kurz vor der Ortseinfahrt erschrocken rief: «Was ist das dort vorn? Verflucht, das sieht mir irgendwie nach Polizei aus!»

«Mist! Wenn die uns kontrollieren und das Geld bei uns finden, dann ist unsere ganze Inszenierung für die Katz! Bieg hier ab! Zum Bahnhof! Schnell!»

Geistesgegenwärtig setzte Fechner gerade noch rechtzeitig den Blinker, damit es nicht ganz so auffällig aussah, bevor er das Steuer nach links riss und in die Seitenstrasse einbog.

«Wir müssen die Tasche vorübergehend loswerden!» Der Unteroffizier überlegte fieberhaft, während er nach einem geeigneten Versteck Ausschau hielt.

«Die sind bestimmt hinter den Bankräubern her! Bei dem Sauwetter machen die Polypen nicht ohne zwingenden Grund Kontrollen!»

«Der Zug!», rief Mallmann, ohne die besorgte Äusserung des Gefreiten zu beachten. «Halt beim vordersten Güterwagen an und warte mit laufendem Motor, bis ich wieder einsteige!»

«Aber was sollen wir sagen, wenn sie wissen wollen, was wir hier tun?»

«Dass du mich hier abholen sollst! Die können unmöglich gesehen haben, dass wir beide in der Karre sitzen!»

Als der Wagen fast zentimetergenau an der verlangten Stelle ganz zum Stillstand kam, stand Mallmann bereits mit der wertvollen Tasche in der Hand vor der Waggontür. Mit einem Ruck riss er sie einen Spaltbreit auf, schob rasch die Tasche hindurch und schloss die Schiebetür eilig wieder.

Aufatmend lehnte sich der Unteroffizier auf dem Beifahrersitz zurück, als Fechner unverzüglich anfuhr und wendete. Aber noch bevor sie die Hauptstrasse wieder erreicht hatten, kam ihnen ein anderes Fahrzeug entgegen – in der Strassenmitte und mit eingeschaltetem Fernlicht. Fechner blieb gar nichts anderes übrig, als sofort anzuhalten. Geblendet hielt er sich den linken Arm vor die Augen.

Fast gleichzeitig wurden auf beiden Seiten die Türen aufgerissen. Starke Lampen leuchteten Mallmann und Fechner direkt an.

«Feldgendarmerie! Motor abstellen und ganz vorsichtig aussteigen!», brüllte die respekteinflössende Gestalt auf der Beifahrerseite, deren kräftige Stimme den Wind mühelos übertönte.

Jede hastige Bewegung vermeidend, um den Feldgendarmen keinen Anlass für aggressive Handlungen zu geben, gehorchten Mallmann und Fechner wortlos.

«Da rüber! Stell dich neben den Fahrer!», kommandierte der Hüne, der denselben Rang bekleidete wie Mallmann. «Und dann würde ich gern die Ausweise und den Fahrbefehl sehen!»

Mit ausdrucksloser Miene nahm der Unteroffizier mit dem Halskragen aus mattweissem Metall Mallmanns Soldbuch entgegen, während ihm Fechner zusätzlich zu seinem Soldbuch den Fahrbefehl aushändigte. Ohne Eile ging er wieder zur Beifahrerseite und legte die Dokumente auf den Sitz, um sie dort einigermassen geschützt vor dem Sturm eingehend zu studieren.

«Warum seid ihr auf der Rückfahrt abgebogen?», erkundigte sich der Feldgendarm anschliessend fast freundlich. «Von einem Abstecher zum Bahnhof steht nichts im Fahrbefehl! War es vielleicht, weil ihr uns gesehen habt? Immerhin ist der rechte Kotflügel ganz schön ramponiert! Hattet ihr einen Unfall, den ihr selbst verschuldet habt?»

«Ich habe den Zug kontrolliert», gab Mallmann bereitwillig Auskunft. «Der Gefreite hat mich hier abgeholt, wie es vereinbart war. Leider hatte er auf der Hinfahrt tatsächlich eine Streifkollision mit einem Baum, weil der rechte Vorderreifen einen Platten hatte. Nach dem Radwechsel ist er unverzüglich hierher zurückgekehrt, um mir pflichtbewusst Meldung zu erstatten. Wir wollten gerade los, um den kurzzeitig aufgeschobenen Fahrbefehl auszuführen, und dabei möchte ich auch die Unfallstelle begutachten, damit ich unserem Vorgesetzten möglichst ausführlich Bericht erstatten kann.»

«Und wer ist euer Vorgesetzter?»

«Leutnant Kemmerich!» Mallmann musste den Namen regelrecht brüllen, da der Wind gerade wieder ordentlich zulegte.

24

«Leutnant Kemmerich?», wiederholte der Unteroffizier, als wolle er sichergehen, dass er den Namen richtig verstanden hatte.

«Ja!»

«Interessant.» Der Feldgendarm gab Mallmann und Fechner ihre Soldbücher und den Fahrbefehl zurück. «Dann wollen wir euch nicht länger davon abhalten, euren Auftrag auszuführen – wenn auch mit reichlich Verspätung! Gute Fahrt! Diesmal möglichst unfallfrei!»

«Danke.» Mallmann wartete, bis die beiden Kontrolleure sich abgewandt hatten und zu ihrem Fahrzeug gingen, bevor er einstieg.

Der Wagen der Feldgendarmerie machte den Weg frei und wartete am Strassenrand, bis sie ihn im Schritttempo passiert hatten. Dann wendete er.

«Wohin fahren wir denn jetzt?», erkundigte sich Fechner irritiert. «Ins Quartier oder wieder zu unserem Baum zurück?»

«Ich habe mich noch nicht entschieden. Aber sobald wir die Hauptstrasse erreicht haben, werde ich es dir sagen!»

Nachdenklich rieb sich der hünenhafte Feldgendarm das Kinn, bis die Rücklichter des Kübelwagens aus seinem Blickfeld verschwunden waren. «Irgendwie habe ich das dumpfe Gefühl, dass wir mit den beiden merkwürdigen Burschen noch mächtigen Ärger kriegen. Fahr jetzt langsam los! Wir folgen ihnen ein Stück, aber mit grossem Abstand; gerade so, dass der Fahrer unsere Lichter im Rückspiegel sieht!»

3. Kapitel

Mit grossen Schritten eilte Quint durch die undurch-dringliche Schwärze der finsteren Sturmnacht. Da er gezwungen gewesen war, den inneren Sicherheitsbereich auf der gegenüberliegenden Seite des Grundstücks zu verlassen, bewegte er sich nun praktisch blind zwischen zwei Zäunen in die falsche Richtung und verlor kostbare Zeit.

Als er schliesslich den stechenden Schmerz an den weit vorgestreckten Händen spürte, wusste er, dass er endlich den das gesamte Areal umgebenden Stachel-drahtverhau erreicht hatte. Ein rascher Blick zurück be-stätigte seine Befürchtung: Das schwankende Licht ge-tragener Lampen kam in seine Richtung. Keine Zeit, sich durch den Stacheldraht zu kämpfen. Sie würden ihn finden und zur Umkehr zwingen oder einfach abknallen, bevor er durch war.

Einer plötzlichen Eingebung folgend, riss er mit Hilfe des Stacheldrahts ein Stück Stoff aus seiner Jacke und spiesste es eine Armlänge entfernt auf ein paar Stacheln. Vielleicht würde der Fetzen bei seinen Verfolgern für ein wenig Verwirrung sorgen, sofern ihn der Wind bis dahin nicht schon weit fortgeweht hatte oder sie ihn auch so gar nicht erst bemerkten.

Im rechten Winkel zum Drahtverhau ging Quint schnell fünf Schritte zurück, um ihn nicht nach wenigen Metern seitlich wieder zu touchieren, und rannte dann los. Ohne zu sehen wohin, hetzte er zwischen den beiden

Zäunen weiter. Immerhin wusste er, dass auf diesem Streckenabschnitt seines Sprints keine Bäume standen. Und spätestens bei der nächsten Frontalkollision mit dem Stacheldraht würde er wieder spüren, dass es Zeit war für eine Richtungsänderung nach rechts.

Rund zwei Minuten später war es so weit. Der Aufprall war glücklicherweise nicht allzu heftig, da er das Tempo kurz zuvor bereits merklich gedrosselt hatte. Ausserdem bot die Ledermappe unter der Jacke einen guten Schutz gegen die Stacheln.

Die Lichter befanden sich nun ungefähr dort, wo er das zweite Loch in den Maschendrahtzaun geschnitten hatte. Gleich würden die Soldaten ebenfalls in die Zone zwischen den beiden Drahtabsperrungen vordringen, die er verlassen wollte. Verlassen musste – schnell!

Er wandte sich erneut nach rechts und eilte mit weitausgreifenden Schritten nach Norden, wo sich mit dem Schlagbaum der einzige Unterbruch in der mehrere Meter tiefen Stacheldrahtumzäunung des streng bewachten Grundstücks befand – und somit auch seine einzig verbliebene realistische Fluchtmöglichkeit. Aber selbst dafür bedurfte es eines Ablenkungsmanövers. Und die Zeit arbeitete gegen ihn. Mit jeder Sekunde sank die Aussicht auf Erfolg.

Beim Anblick der sich im Schein der Einfahrtsbeleuchtung schemenhaft abzeichnenden Fahrzeugumrisse blieb Quint abrupt stehen. Das war es! Noch während er seine Chancen abwog, setzte er sich wieder in Bewegung; diesmal jedoch in eine andere Richtung.

Als er den Maschendrahtzaun erreichte und auf die Knie sank, lag die Drahtschere bereits in seiner rechten Hand. In Windeseile kappte er den starken Draht für sein drittes Schlupfloch in dieser Nacht.

Während er sich nach einem raschen Rundumblick mit der Behändigkeit eines Routiniers durch die Lücke arbeitete, überlegte er sich die nächsten Schritte. Vor allem schnell musste es gehen.

Geduckt rannte er zum nächstgelegenen Fahrzeug, das keine zehn Meter vom Hauseingang entfernt abgestellt war. Ganz offensichtlich handelte es sich dabei um den Wagen des verspätet eingetroffenen Gastes. Das gelegentliche Knacken des abkühlenden Motors war aus dieser geringen Entfernung selbst im Tosen des Windes zu vernehmen.

Mit fliegenden Fingern förderte Quint aus den Tiefen seiner Jacke ein Kästchen zutage, das kaum grösser als eine Streichholzschachtel war. Vorsichtig tastete er sich an der Fahrzeugseite entlang, bis er den Deckel des Treibstofftanks gefunden hatte, den er sogleich entfernte und zu Boden fallen liess. Zwei Sekunden später hatte er das unscheinbare Kästchen mit dem Haftmagnet an der Karosserie befestigt und den Zeitzünder aktiviert.

So schnell es die Umstände zuliessen, entfernte er sich vom Sprengobjekt, verliess durch das neueste Loch im Zaun zum zweiten Mal den inneren Sicherheitsbereich und näherte sich mit zum zerreissen gespannten Nerven dem äusseren Kontrollposten mit dem Schlagbaum.

Als der grelle Blitz der beiden innert Sekundenbruchteilen erfolgenden Detonationen die garstige Novembernacht für einen Augenblick taghell erleuchtete, warf sich der Geheimagent sofort zu Boden und verfluchte lautlos die Eierköpfe in London. Das waren höchstens dreissig bis vierzig Sekunden gewesen, aber ganz bestimmt keine Minute! Nie im Leben!

Regungslos blieb er liegen und lauschte angestrengt den aufgebrachten Zurufen und scharfen Befehlen der verwirrten feindlichen Soldaten und deren Vorgesetzten. Ganz langsam hob er den Kopf ein wenig und drehte ihn zur Seite. Die im Sturm wild flackernden Flammen des brennenden Wagens verliehen der Szenerie etwas Gespenstisches. Doch glücklicherweise wurde der Bereich, in dem er sich aufhielt, von einem zwischen ihm und dem Brandherd geparkten Lkw relativ gut abgeschirmt, so dass er nach wie vor von fast undurchdringlicher Dunkelheit umgeben war.

Weiter! Er musste den Schlagbaum erreichen, bevor seine Gegner sich vom Schock erholt und neu organisiert hatten. Jetzt konnte jede Sekunde über Erfolg oder Misserfolg entscheiden.

Geduckt wie eine Raubkatze, jederzeit zum Sprung bereit, arbeitete er sich Meter für Meter an sein Ziel heran. Vereinzelte Wortfetzen der durch den Sturm gebrüllten Befehle drangen an sein Ohr. Die Jagd auf ihn wurde weiter intensiviert.

Der kurze, trockene Husten liess ihm beinahe das Blut in den Adern gefrieren. Der Mann, von dem er absolut nichts erkennen konnte, musste sich nur wenige Meter schräg vor ihm aufhalten. Bis zum Wachhäuschen beim Schlagbaum betrug die Distanz nach seinen Berechnungen aber noch mindestens fünfzehn bis zwanzig Meter. Also konnte es sich nicht um den regulären Wachposten handeln – vorausgesetzt natürlich, dass er seinen Platz nicht befehlswidrig verlassen hatte. Folglich musste sich hier noch eine Patrouille herumtreiben, dessen Existenz ihm bisher verborgen geblieben war.

Mit angehaltenem Atem und halb geöffnetem Mund,

beide Arme auf Bauchhöhe leicht vorgestreckt, lauschte Quint angestrengt und bedauerte, nicht schon längst die Kapuze abgestreift zu haben. Als ein unter dem schweren Schuhwerk des unsichtbaren Soldaten brechender Zweig knackte, spannten sich seine Muskeln.

«Helmut, ich komme jetzt rüber!», dröhnte eine tiefe Stimme vor Quint. «Nimm den Finger vom Abzug!»

Der helle Lichtstrahl einer starken Lampe huschte über den Stacheldrahtverhau und beleuchtete dann den Boden vor den Füssen des vorsichtigen Mannes, der sich nun entfernte.

Quint entspannte sich etwas, als der Lichtkegel schliesslich zwischen den Bäumen verschwand. Doch dieser Zustand relativer Erleichterung war nur von kurzer Dauer. Von hinten nahte neue Gefahr. Seine Verfolger waren durch das zweite Loch in die äussere Schutzzone vorgedrungen. Und sie schienen rasch vorzurücken. Trotzdem durfte er nicht überhastet handeln. Die äusseren Bedingungen kamen ihm mehr entgegen als seinen Jägern. Ausserdem wollte er das Gelände, wenn irgend möglich, unbemerkt verlassen und dadurch den Feind auch über seinen Verbleib im Ungewissen lassen.

Langsam setzte er seinen Marsch durch die Dunkelheit fort, bereit, auf jede neue Situation blitzschnell und angemessen zu reagieren. Das Risiko einer Entdeckung durch die Wache, an der er irgendwie unbemerkt vorbeikommen musste, stieg mit jedem Schritt.

Das neuerliche Knacken eines Zweigs liess Quint augenblicklich erstarren, denn diesmal war er selbst der Verursacher des verräterischen Geräuschs.

«Halt! Wer da?»

Die Stimme klang hart und sehr entschlossen. Und sie

schien von irgendwo links vor ihm zu kommen. Das musste der Posten beim Schlagbaum sein – der jetzt gewarnt war!

Schon durchschnitt der grelle Lichtstrahl einer starken Lampe die regennasse Nachtluft, wanderte systematisch von links nach rechts über die Stämme im Sturm wogender Buchen, Birken und vereinzelter Tannen und den laubbedeckten Waldboden. In Kürze würde er ihn erfassen und …

«Ich bin es, Franz!», ertönte eine andere Stimme aus der Dunkelheit. «Brückner schickt mich als Verstärkung für den Fall, dass der Saboteur hier auftaucht!»

Der Lichtstrahl schwenkte zurück und heftete sich auf das Gesicht des anderen Soldaten, der geblendet die Augen schloss und zum Schutz vor dem Licht den linken Arm hob.

«Lass den Blödsinn!» Verärgert straffte der Neuankömmling den Tragriemen seines geschulterten Karabiners mit der rechten Hand. «Es reicht schon, dass ausgerechnet ich die Arschkarte gezogen habe und zu deiner Unterstützung verdonnert worden bin!»

«Was willst du damit sagen?», begehrte der Posten mit der Lampe auf. «Bin ich dir etwa nicht gut genug, du feiner Pinkel? Du hältst dich wohl für was Besonderes, weil dein Vetter im Führerhauptquartier die Latrine putzt, was?»

«Wo hast du denn den Schwachsinn her? Mein Vetter ist bei der Gestapo und ein mieses, dreckiges Schwein, dem ich am liebsten ins Gesicht spucken würde. Aber ich bin nicht besonders scharf darauf, mir hier draußen die Beine in den Bauch zu stehen. Und jetzt nimm endlich die Lampe runter!»

Als der Lichtkegel sich senkte und den Boden berührte, begann Quint sofort mit der Umsetzung des Plans, den er während des kurzen Disputs der beiden Landser gefasst hatte. Vorsichtig liess er sich zunächst auf die Knie und dann auf alle viere nieder.

«Das hat ja mächtig gerumst! Mir ist vor Schreck fast das Herz stehengeblieben!»

Quint bewegte sich Zentimeter um Zentimeter vorwärts und achtete peinlichst darauf, keine weiteren Zweige oder Äste zu zerbrechen.

«Frag mich mal! Ich war ganz in der Nähe, als die Explosion den Wagen zerrissen hat! Und dann dieser gigantische Feuerball! Nur gut, dass die Karre etwas abseits stand, und dadurch nicht noch grösserer Schaden entstanden ist!»

«Glaubst du, dass der Saboteur tatsächlich hier aufkreuzt?»

«Nein. Ich kann mir nicht vorstellen, dass der Mistkerl so dämlich ist, das Grundstück sozusagen durch den Haupteingang verlassen zu wollen. Das Tor ist geschlossen und wird bewacht – und der Kontrollposten hier ja auch. Er wird wohl dort wieder rauswollen, wo er reingekommen ist. Und wer weiss, vielleicht ist er ja inzwischen auch schon weg. Mir wäre das ehrlich gesagt am liebsten!»

«Mir auch!», pflichtete der Soldat, dessen Beine nur noch knapp zwei Meter von Quint entfernt waren, seinem Kameraden entschieden bei. «Ich habe nicht die geringste Lust, ihm bei seiner Flucht in die Quere zu kommen und den Helden zu spielen!»

Der Abstand zwischen dem Wachhäuschen und dem Posten davor betrug kaum mehr als einen Meter. Zudem stellte die im Rhythmus der erregten Diskussion unberechenbar hin und her geschwenkte Lampe ein erhebliches Risiko dar. Aber die Uhr tickte erbarmungslos und unaufhaltsam gegen ihn.

Im Schneckentempo robbte Quint auf die schmale Lücke im Sicherheitsdispositiv der Wehrmacht zu und verdrängte den Gedanken daran, was passieren würde, wenn einer der beiden Deutschen auf die Idee kam, sich im Schilderhaus unterzustellen Zwar war der Regen inzwischen kaum noch spürbar, aber dafür legte der Wind wieder merklich zu.

«Was mag der Mistkerl hier bloss gewollt haben? Er ist sicher nicht ein solches Risiko eingegangen, nur um die Karre in die Luft zu jagen.»

«Das hängt bestimmt mit dem Besucher zusammen», mutmasste der Träger des Schuhwerks, an dessen Absätzen sich Quints Kopf gerade vorbeischob. «Soll ja einer von Canaris Leuten sein.»

«Na klar, das muss es sein!», pflichtete ihm der andere lebhaft bei. «Wahrscheinlich hat er eine Autobombe angebracht, die dann zu früh explodiert ist! Schade, dass es den gemeinen Attentäter dabei nicht selbst in Stücke gerissen hat!»

«Das wäre die gerechte Strafe für ihn gewesen und hätte uns eine Menge Scherereien erspart – he, was ist denn das?»

4. Kapitel

Klaus Fechner warf einen gehetzten Blick in den Aussenspiegel, als das Scheinwerferlicht eines nachfolgenden Fahrzeugs darin auftauchte. «Sie verfolgen uns! Ein Glück, dass wir nicht in die andere Richtung gefahren sind! Offensichtlich haben sie uns die Geschichte nicht abgenommen!»

«Damit war zu rechnen. Aber auf die Schnelle fiel mir keine plausible Erklärung ein. Als der Brocken mich nicht gefragt hat, warum ich angeblich den Zug kontrolliert habe, da wusste ich Bescheid! Glaub mir, das ist ein ganz durchtriebener Hund! Den werden wir vermutlich nicht so schnell wieder los!»

«Und was jetzt?»

«Wir halten wie angekündigt bei unserem Baum und erwecken den Eindruck eifriger Bemühungen, den genauen Unfallhergang für unseren verhassten Kemmerich zu skizzieren. Dann sehen wir weiter. Was ist mit unserem Anhang?»

«Der Abstand bleibt konstant. Ausgerechnet Kettenhunde! Mir wäre eine einfache Streife der Ordnungspolizei wesentlich lieber gewesen! Deren Möglichkeiten, ihre Nase in Angelegenheiten von Soldaten zu stecken, sind bedeutend beschränkter!»

«Da hast du allerdings recht!», pflichtete Mallmann seinem Fahrer bei. «Langsam jetzt, dort vorn müsste es eigentlich sein!»

Tatsächlich erfassten die Scheinwerfer kurz darauf die

malträtierte Buche. Fechner parkte den Wagen so am Strassenrand, dass er den Stamm des mächtigen Baums anleuchtete.

«Sobald wir ausgestiegen sind, erklärst du mir aufgeregt mit den Armen herumfuchtelnd den Unfallhergang! Du willst mich unbedingt davon überzeugen, dass du absolut nichts dafür kannst!», instruierte Mallmann seinen Kumpel.

Der Gefreite nickte überflüssigerweise, während sich der Unteroffizier bereits aus dem Fahrzeug schwang, und stiess nach einem letzten Blick in den Spiegel ebenfalls die Tür auf.

Während die beiden Soldaten im Scheinwerferlicht des Kübelwagens vor der Kulisse des tobenden Sturms ihr Theater aufführten und immer wieder verstohlene Blicke in die Richtung ihrer Verfolger warfen, näherte sich der Wagen der Feldgendarmerie quälend langsam. Als er endlich im Schritttempo an ihnen vorbeirollte, ohne anzuhalten, atmeten sie erleichtert auf.

«Ich dachte schon, er hält doch noch!», rief Fechner, als die Rücklichter endlich um die Kurve verschwunden waren. «Den beiden traue ich nicht über den Weg!»

«Ich auch nicht!», schrie Mallmann zurück. «Spätestens beim Unfallfahrzeug werden sie uns wieder stoppen, wetten? Wir warten sicherheitshalber noch einen Moment, falls sie vorher wenden und nochmals zurückkommen! Ich möchte sichergehen, dass sie vor uns dort sind!»

«Sollten wir nicht besser doch umkehren und das Geld holen? Notfalls könnten wir ja behaupten, dass wir es uns anders überlegt haben und Kemmerich sofort über unsere Streifkollision informieren wollten!»

«Nein, damit würden wir uns erst recht verdächtig machen!», widersprach Mallmann entschieden. «Wir erledigen wie befohlen unseren Auftrag und holen das Geld auf dem Rückweg! Komm, wir steigen schon mal ein!»

Als sie sich einige Minuten später der Unfallstelle näherten und Fechner die Geschwindigkeit drosselte, befahl ihm Mallmann augenblicklich: «Fahr schneller! So, dass du gerade noch rechtzeitig halten kannst, ohne nochmals mit der Karre zu kollidieren! Schliesslich können wir ja noch nichts von dem Unfall ahnen!»

«Wie du meinst!» Fechner beschleunigte wieder und fuhr so schnell in die Kurve, wie er es gerade noch verantworten konnte. Diesmal war er wenigstens vorgewarnt und wusste, was ihn erwartete und wie er ohne weiteren Schaden durchkommen konnte. Als er das Licht der aufgeregt hin und her geschwenkten Lampe sah, leitete er sofort sein Brems- und Ausweichmanöver ein, für das er sich entschieden hatte. Die Scheinwerfer erfassten den jüngeren Feldgendarmen, der vor Schreck die Lampe fallenliess und sich mit einem Satz gerade noch rechtzeitig hinter einem Baum am Strassenrand in Sicherheit bringen konnte.

Schlingernd kam der Kübelwagen auf der Gegenfahrbahn zum Stehen, das Heck nur wenige Zentimeter neben dem Unfallfahrzeug und mit der Front direkt vor der Birke, die schützend vor dem verdatterten jungen Soldaten stand.

Mit einem zischenden Laut stiess Unteroffizier Mallmann die Luft aus und löste sich aus seiner verkrampften Haltung, in die ihn die entsetzliche Vorstellung, dass sie gleich einen Feldgendarmen überfahren würden, versetzt hatte. Langsam wandte er sich Fechner zu und öffnete den Mund, um seinem Fahrer die Leviten zu lesen. Doch er kam nicht dazu. Mit einem heftigen Ruck wurde die Beifahrertür aufgerissen.

«Wohl wahnsinnig geworden, was?!», brüllte der Hüne zornig und richtete den Lichtstrahl seiner Lampe abwechselnd auf die Gesichter der Wageninsassen, die geblendet die Augen schlossen und zum Schutz vor dem grellen Licht die Arme hochrissen. «Ihr könnt von Glück sagen, dass ihr meinen Kollegen nicht über den Haufen gefahren habt! Dann hätte ich euch nämlich auf der Stelle abgeknallt, ihr dämlichen Arschlöcher! Und jetzt fahrt weiter und verständigt die Polizei! Aber schnell! Sonst mache ich euch die Hölle heiss, das garantiere ich euch! Und sagt denen, sie sollen sich gefälligst beeilen, wenn sie keinen Ärger mit Unteroffizier Wolfgang Dressler kriegen wollen! Verstanden?»

Ohne eine Antwort abzuwarten, knallte der Unteroffizier die Tür zu und trat ein Stück beiseite. Fechner, der froh war, dass er den Gendarmen nicht erwischt hatte und dass sie verschwinden konnten, fuhr unverzüglich los.

«Das hätte uns beinahe das Genick gebrochen, du Trottel!», machte Mallmann seinem Ärger Luft. «Warum musst du es auch immer übertreiben?! Ein bisschen langsamer hätte auch gereicht! Jetzt haben uns die beiden Kettenhunde erst recht auf dem Kieker!»

«Du wolltest ja unbedingt, dass ich schneller fahre!», erwiderte Fechner aufgebracht. «Immerhin haben sie uns so in Ruhe gelassen! Und passiert ist abgesehen von der leeren Drohung dieses gemeinen Dreckskerls schliesslich auch nichts! Also reg dich wieder ab!»

«So, du hältst das also für eine leere Drohung, was? Na ja, deine Menschenkenntnis war leider noch nie sonderlich gut!»

Fechner nahm unwillkürlich den Fuss vom Gaspedal. «Was soll das heissen? Du willst mir doch hoffentlich nicht allen Ernstes weismachen, dass du ihm den Spruch mit dem Abknallen geglaubt hast, oder?»

«Genau das!», bestätigte Mallmann. «Ist dir nicht aufgefallen, dass er sich überhaupt nicht für den Zustand seines Kumpels interessiert hat? Es hat ihm gereicht, zu wissen, ob wir den anderen erfasst haben oder nicht! Alles andere war ihm egal! Und ich könnte mir sogar vorstellen, dass es ihn auch nicht sonderlich berührt hätte, wenn sein Kamerad schwer verletzt worden und dort krepiert wäre, sofern er uns dafür hätte umlegen können!»

«Ach, komm, Thorsten, jetzt übertreibst du aber masslos!», widersprach Fechner und konnte dabei eine gewisse Unsicherheit in seiner Stimme nicht ganz verbergen.

«So, meinst du? Lass uns hoffen, dass wir es nicht eines Tages herausfinden werden! Dem Schweinehund traue ich alles zu!»

Den Rest der Strecke legten sie schweigend zurück, bis Fechner schliesslich vor dem Polizeiposten stoppte und den Motor abstellte.

«Warte hier!», trug Mallmann dem Gefreiten auf. «Ich bin gleich zurück.»

Der diensthabende Beamte machte kein besonders glückliches Gesicht, als ihm Mallmann den Unfall meldete. Doch das kümmerte ihn wenig. Sein Dienst war schliesslich auch noch nicht zu Ende. Bei der Übermittlung der direkt an die Polizisten adressierten Botschaft des rücksichtslosen Feldgendarmen zuckte der korpulente Mann wie unter einem Peitschenhieb zusammen. Seine Miene verfinsterte sich schlagartig. Ohne eine weitere Reaktion abzuwarten, drehte sich der Unteroffizier um und verliess grusslos das Gebäude.

«Und?», empfing ihn Fechner und startete den Motor.

«Die Begeisterung des fetten Polypen, bei diesem Wetter die gute Stube verlassen zu müssen, hält sich in Grenzen, wie du dir sicher vorstellen kannst – besonders in Verbindung mit dem Namen Wolfgang Dressler! Aber das ist nicht unser Problem – wir haben genügend andere! Los, gib Gas, damit wir endlich erfahren, warum uns Kemmerich hergeschickt hat!»

Der Wachposten am Eingangstor hielt seine Kopfbedeckung fest, damit sie ihm der kalte Wind nicht vom Kopf fegte, und sah Fechner verwundert an. «Was willst du denn mitten in der Nacht hier?» Dann erst erkannte er, dass noch jemand im Wagen sass. Eilig nahm er Haltung an.

«Melden Sie dem Wachkommandanten, dass Unteroffizier Mallmann mit seinem Fahrer im Auftrag von Leutnant Kemmerich hier ist! Und fragen Sie ihn, weshalb; wir wissen es nämlich auch nicht!» Mallmann wurde allmählich ungeduldig. Er wollte endlich die Tasche mit dem Geld holen und sie an einem sicheren Ort verstecken.

«Hoffentlich dauert das nicht auch noch eine Ewigkeit!», murrte Fechner, der die Gedanken seines Gefährten zu erraten schien, während der Soldat ins Wachlokal stürmte. «Langsam aber sicher reichts mir für heute!»

Der Wachkommandant machte sich zumindest die Mühe, zu telefonieren, schien aber ziemlich ratlos zu sein. Mallmann konnte durch das kleine Fenster erkennen, wie er mit dem Hörer am Ohr die Schultern hob und wieder fallen liess. Dann legte er auf und schüttelte bestimmt den Kopf, bevor er nach einem Bleistift griff und sich etwas notierte.

«Das muss ein Irrtum sein!», rief der Wachsoldat ihnen zu, noch bevor er neben dem Wagen stand.

«Was?!», schrie Fechner in voller Lautstärke, obwohl er die Worte deutlich verstanden hatte – oder vielleicht gerade deswegen.

«Ein Irrtum!», wiederholte der Soldat ebenso laut und wischte sich wütend mit dem Uniformärmel über die Augen, weil ihm der Wind gerade eine Salve Regentropfen ins Gesicht geklatscht hatte. «Hier weiss niemand etwas davon, dass Leutnant Kemmerich einen Wagen herschicken wollte! Scheisswetter!»

Ohne sie noch weiter zu beachten, rannte der Wachposten seiner Mütze hinterher und versuchte mehrmals vergeblich, sie aufzuheben.

«Ich hab's dir doch gesagt! Reine Schikane! Der elende Dreckskerl hat uns grundlos hergeschickt! Jetzt kann er aber was erleben!» Ausser sich vor Wut wendete Fechner und fuhr los.

«Jetzt ist er wirklich zu weit gegangen!», stimmte Mallmann seinem Kameraden grimmig zu, ermahnte ihn jedoch sogleich: «Lass dich zu nichts hinreissen! Es bringt nichts, wenn wir uns wie wütende Stiere aufführen! Und jetzt konzentrier dich auf die Strasse, ich will heil ankommen!»

Es war unübersehbar, dass die Polizei bereits am Tatort war. Man konnte die hell erleuchtete Unfallstelle schon von weitem erkennen.

«Langsam jetzt! Ich hoffe, man lässt uns überhaupt durch! Und auf unsere Freunde von der Feldgendarmerie würde ich da nicht unbedingt zählen!» Mallmann sass kerzengerade auf seinem Sitz und starrte angestrengt durch die Frontscheibe.

Ein paar Meter weiter wurden sie von einem uniformierten Polizisten gestoppt. «Umdrehen, hier könnt ihr nicht weiter! Die Strasse ist gesperrt!»

«Das wissen wir, schliesslich haben wir den Unfall gemeldet», erklärte Mallmann so ruhig, wie die erforderliche Lautstärke es zuliess.

«Das mag ja sein, aber ihr könnt hier trotzdem nicht durch! Also macht keinen Ärger und dreht um! Dort drüben ist neben der Strasse genug Platz!»

«Sagt dir der Name Wolfgang Dressler etwas, mein Freund? Unteroffizier der Feldgendarmerie?»

Die Wirkung seiner spontanen Idee verblüffte Mallmann. Ohne ein weiteres Wort trat der Polizist einen Schritt zurück und bedeutete ihnen mit hektischen Armbewegungen, weiterzufahren.

Fechner liess sich nicht lange bitten. «Alle Achtung, darauf muss man erst einmal kommen!», meinte er anerkennend, während er den Wagen vorsichtig an den Polizeiautos und den Beamten vorbeirollen liess. «Der Mistkerl muss ja ganz schön Einfluss haben!»

«Sie sind nicht mehr da», stellte Mallmann fest, ohne auf Fechners Kommentar einzugehen.

«Umso besser! Ich bin nicht scharf darauf, den beiden Kettenhunden nochmals zu begegnen! Mein Bedarf ist restlos gedeckt!» Fechner schaltete einen Gang höher und beschleunigte weiter, als die verhängnisvolle Kurve hinter ihnen lag. «Dann können wir uns jetzt endlich um das

Geld kümmern! Hast du schon eine Idee, wo wir es verstecken? Mir ist bisher noch nichts Brauchbares eingefallen.»

«Darüber habe ich mir noch gar nicht den Kopf zerbrochen. Aber keine Bange, bis wir zu Hause sind fällt mir bestimmt etwas ein – zumindest provisorisch. Später können wir immer noch wechseln.»

Kurz nachdem sie die Buche passiert hatten, die ihnen angeblich beim erfundenen Reifendefekt zum Verhängnis geworden war, stiess Fechner einen wüsten Fluch aus. «Er klebt uns wieder am Arsch! Dieser verfluchte Schweinehund hat uns aufgelauert! Und nun folgt er uns; wieder im selben Abstand wie beim ersten Mal! Genau die gleiche Masche!»

«Dann müssen wir wieder umdisponieren!» Auch in Mallmanns Stimme war der Ärger deutlich zu erkennen. «Also zuerst Kemmerich, dann das Geld! Irgendwie werden wir die elenden Schnüffler schon abschütteln, wenn wir es richtig anpacken! Eigentlich können wir froh sein, dass sie uns jetzt schon verfolgen, statt unvermittelt am Bahnhof aufzutauchen!»

Nachdem sie den Kübelwagen endlich auf dem Fahrzeugpark abgestellt und mit Kanistern vollgetankt hatten, gingen sie sich gegen den Wind stemmend über den Platz und auf die Unterkunft zu. Niemand würde ahnen, dass sie in dieser Nacht noch einmal verschwinden wollten. Natürlich würde ihr späterer Aufbruch nicht unbemerkt bleiben. Aber Mallmann hatte sich bereits eine halbwegs plausible Ausrede ausgedacht, in der ihre Buche wieder eine entscheidende Rolle spielen sollte.

Leutnant Kemmerich schien bereits zu Bett gegangen zu sein. In seinem Arbeitszimmer war er jedenfalls nicht.

«Das habe ich gern», murmelte Fechner. «Während wir bei Wind und Wetter sinnlos in der Gegend herumkarren müssen, pennt die Ratte.»

«Dann wecken wir ihn eben!» Dicht gefolgt von Fechner schritt Mallmann entschlossen durch den schwach beleuchteten Korridor. Als er um die Ecke bog, prallte er beinahe mit Kemmerich zusammen, der sich offenbar gerade über die Treppe in den oberen Stock verdrücken wollte.

«Da ist er ja», stellte Fechner mit verdächtig ruhiger Stimme fest. «Unser liebenswerter Leutnant, der seine Untergebenen sinnlos die halbe Nacht durch Sturm und Regen hetzt und dabei selbst im warmen, trockenen Nest hockt.»

«Das ist der Unterschied zwischen geistig überlegenen Offizieren wie mir und jämmerlichen Versagern wie euch», entgegnete Kemmerich höhnisch.

In Klaus Fechners Kopf explodierte etwas, als er das gemeine Grinsen seines verhassten Vorgesetzten sah. Schnell trat er einen Schritt vor und hob den rechten Arm. Die ganze Wut, die sich in den letzten Wochen in ihm aufgestaut hatte, entlud sich in einem fürchterlichen Faustschlag, der Kemmerich mitten ins Gesicht traf und zu Fall brachte. Der Leutnant war sofort tot, als er mit dem Genick auf der harten Kante der Steintreppe aufschlug.

In fassungslosem Entsetzen blickten sich Mallmann und Fechner an.

«Das wollte ich nicht», flüsterte Fechner. «Das doch nicht!» Panik stieg in ihm hoch. «Man wird mich erschiessen, Thorsten!», rief er verzweifelt.

«Schrei nicht so rum, du Vollidiot!», zischte Mallmann

böse. «Los, wir verschwinden! Wir müssen das Geld in Sicherheit bringen, bevor man uns schnappt! Stellen können wir uns hinterher immer noch. Und schade ist es um den Scheisskerl ohnehin nicht.»

Sie schafften es ungesehen bis zu ihrem Wagen. Der gleichgültig wirkende Wachsoldat, dem Mallmann unmissverständlich zu verstehen gab, dass man sich mit ihm besser nicht anlegte, da sie nochmals raus mussten, weil irgendein Blödmann etwas vergessen hatte, hob den Schlagbaum und liess sie passieren.

Auf dem Weg zum Bahnhof sprachen sie kein Wort. Während Fechner sich voll und ganz auf das Fahren konzentrierte und so das immer wieder vor seinem inneren Auge auftauchende Bild des toten Leutnants einigermassen erfolgreich zu verdrängen vermochte, überlegte Mallmann fieberhaft, wo sie das Geld verstecken sollten.

Nach der letzten Richtungsänderung vor dem Bahnhof fand das einträchtige Schweigen ein jähes Ende. Noch bevor Fechner richtig glauben konnte, was er sah, lieferte ihm Mallmanns erschrockener Ausruf bereits die Bestätigung: «Verfluchte Scheisse! Unser Zug fährt gerade ab!»

Unteroffizier Dressler beugte sich auf dem Beifahrersitz etwas vor und nickte zufrieden in die Dunkelheit. «Na also, da sind sie ja wieder. Ich hab's doch gewusst. Von wegen, den Zug kontrolliert! Die drehen irgendein krummes Ding! Aber wir werden ihnen die Suppe gründlich versalzen! Häng dich an die Rücklichter, wir folgen ihnen – aber diesmal unbeleuchtet!»

5. Kapitel

Der erstaunte Ausruf des Wachpostens liess Quint mitten in der Bewegung erstarren. Blitzschnell wog er seine Möglichkeiten ab und kam zum Schluss, dass hastige Bewegungen sich kaum positiv auf seine Lebenserwartung auswirken würden. Also entschied er sich vorerst für ein passives Verhalten und blieb regungslos liegen.

«Was ist denn?» In der Stimme des zweiten Soldaten glaubte Quint eine Spur von Unsicherheit oder gar Angst mitschwingen zu hören.

«Da liegt etwas auf dem Boden!»

Die Worte wurden mitten im Satz lauter, schienen näher an seinem rechten Ohr gesprochen worden zu sein. Am Wind konnte es nicht liegen, denn der blies im Augenblick zwar stark, dafür aber ungewohnt konstant für diese Nacht. Der Soldat musste sich entweder in seine Richtung gedreht oder den Kopf deutlich gesenkt haben. Oder beides.

Aus dem rechten Augenwinkel registrierte er das über den teilweise mit Laub bedeckten Kiesweg huschende Licht, in dessen Schein nasse Steine glänzten. Dann hielt es inne, wanderte langsam ein Stück zurück und verharrte schliesslich an einer Stelle, die er mit dem ausgestreckten Arm wohl gerade noch erreicht hätte. Seine Muskeln spannten sich, bereit, aufzuspringen und zu kämpfen.

«Nanu, das ist ja ein Schlüssel! Wo kommt der denn her?» Die Beine des Landsers, der soeben noch ganz dicht neben Quints rechter Hüfte gestanden war, erschienen nun wieder in seinem Blickfeld, bewegten sich auf die Fundstelle zu, blieben dort stehen, erhielten Gesellschaft von einem Arm, dessen Hand nach dem unverhofften Gegenstand griff und ihn aufhob.

«Aber das ist doch meiner!», entfuhr es dem glücklichen Finder überrascht. «Tatsächlich, es ist wirklich meiner! Der muss mir rausgefallen sein, als ich den Schnürsenkel gebunden habe! Hab' ich ein Dusel!»

Die Beine drehten sich im Gegenuhrzeigersinn, mit ihnen der ganze Mann und die Lampe in seiner Hand. Der Lichtkegel sauste einen Meter über dem vor dem Wachhäuschen liegenden schwarzen Schatten hinweg, ohne Schaden anzurichten.

«Das kannst du allerdings laut sagen», liess sich der andere Posten vernehmen. «Streck hätte dich sonst zur Schnecke gemacht – und das zu Recht!»

Quint kroch vorsichtig weiter.

«Ach, und das hätte dir wohl gefallen, wie? Was hast du eigentlich gegen mich?»

«Sag mal, spinnst du? Wieso sollte ich etwas gegen dich haben? Fängst du schon wieder damit an? Das ist ja schon fast krankhaft bei dir!»

«Wieso bei mir? Du fängst ja immer an! Ständig nörgelst du an mir herum, obwohl ich dir keinen Anlass dazu gebe! Nicht den geringsten!»

Der geschlossene Schlagbaum lag jetzt hinter ihm, stellte im Falle einer Verfolgung immerhin ein kleines Hindernis für seine Feinde dar. Aber er schützte ihn weder vor einer Entdeckung noch vor Kugeln.

«Du hast ja eben selbst gesagt, dass du Dusel hättest! Weil du genau weisst, dass du schlampig arbeitest – alle wissen das!»

Als der andere die beleidigende Aussage seines Kameraden wütend konterte, richtete sich Quint langsam auf, kam auf die Beine und bewegte sich, behutsam einen Fuss vor den anderen setzend, von der zerstrittenen Wache fort, ohne weiter auf deren Worte zu achten. Jetzt konzentrierte er sich voll und ganz auf das in mondloser, nächtlicher Schwärze vor ihm liegende Gelände. Von Zeit zu Zeit blieb er kurz stehen, blickte zurück und versuchte, sich so gut wie möglich zu orientieren.

Weit konnte es jetzt nicht mehr sein. Tatsächlich spürte er fünf Schritte später, wie sein rechter Fuss weicheren Untergrund betrat. Hier beschrieb der Weg eine leichte Richtungsänderung nach links. Sofort blieb er stehen und sah sich um. Keine Scheinwerfer eines vom Sperrgelände wegbrausenden Wagens, keine Lichter von ihn verfolgenden Suchtrupps.

In einem nahezu perfekten Neunziggradwinkel nach rechts verliess er den Weg und arbeitete sich mit vorgestreckten Armen zwischen den sturmgeplagten Bäumen mehrere Meter weit vorwärts. Erst dann wagte er es, eine kleine Taschenlampe einzuschalten und den Waldboden vor sich abzuleuchten. So kam er wesentlich schneller voran und hatte bald darauf die gesuchte Stelle im Unterholz gefunden.

Eilig zog er das vor wenigen Stunden hier versteckte Fahrrad zwischen den jungen Buchen hervor und schob es neben sich her, bis er nach einer knappen Viertelstunde den Waldrand erreichte. Dort stieg er auf das Rad und fuhr im dynamobetriebenen Licht querfeldein wankend durch die stürmische Nacht.

Nachdem er die Wiese überquert und eine Strasse erreicht hatte, wandte er sich nach links und radelte auf ihr bis zum Rand einer Ortschaft, wo er abstieg, den Dynamo einrastete und das Velo zu einer heruntergekommenen Scheune schob. Dort legte er es auf den Boden, damit der Wind es nicht umwerfen konnte.

Mit vorsichtigen Schritten näherte er sich der in das grosse Tor eingelassenen Tür, während seine rechte Hand in den Ärmel der schwarzen Jacke glitt und den mit Klebeband am linken Arm befestigten Remington Double Deringer mit einem Ruck losriss und lautlos den Hammer spannte. Neben der Tür blieb er stehen, lauschte angestrengt auf allfällige trotz des Sturms zu vernehmende verräterische Geräusche, die auf die Anwesenheit unerwünschter Zeitgenossen hätten schliessen lassen, und griff nach der Klinke.

Einen Moment lang zögerte er, während vor seinem geistigen Auge Sprengfallen, Selbstschussanlagen, Erschiessungskommandos und lauernde Meuchelmörder vorbeirasten. Doch schnell gewann die Vernunft wieder Oberhand. Niemand ausser ihm wusste von diesem Versteck, da er es selbst ausgesucht hatte. Zwar war es denkbar, dass er dabei beobachtet worden war, wie er sein «Marschgepäck» hier deponiert hatte. Allerdings war ihm nichts und niemand verdächtig erschienen oder hatte auch nur im Geringsten seinen Argwohn geweckt.

Die Tür quietschte wie schon beim ersten Mal leise, als er sie langsam öffnete und nach kurzem Zaudern rasch in die Scheune schlüpfte. Sofort stellte er sich neben die Türöffnung und wartete, den Deringer schussbereit vor dem Bauch haltend, auf einen allfälligen Angriff aus der Dunkelheit.

Als es nach einer Minute immer noch keinerlei Anzeichen für einen Hinterhalt gab, schloss er die Tür, zog seine kleine Taschenlampe hervor und schaltete sie ein. Langsam liess er den Lichtstrahl durch den Raum wandern, bis er sicher war, dass ihm hier niemand auflauerte.

Nun eilte er mit langen Schritten zu der Stelle, wo er seine Wechselkleidung zwischen altem Krempel versteckt hatte. Ohne die Tür ausser Acht zu lassen, arbeiteten sich seine Hände zielstrebig zum braunen Lederkoffer vor, zerrten ihn aus dem Versteck und legten ihn auf den Boden.

Mit fliegenden Fingern öffnete er das Gepäckstück, tastete zwischen den fein säuberlich zusammengelegten Kleidungsstücken nach dem Holster, öffnete es und zog die schussbereite Walther P.38 heraus. Rasch kontrollierte er im Schein seiner Lampe, ob sie es noch immer war, und legte sie dann entsichert auf ein altes Möbelstück in seiner Reichweite.

In Windeseile entledigte er sich seiner nachtschwarzen Einbrecherkluft, legte die erbeutete Ledermappe mit den streng geheimen Invasionsplänen der Wehrmacht sowie den Deringer und die Lampe ebenfalls zur Walther auf das Holzmöbel, und begann sich neu einzukleiden.

Als er damit fertig war, legte er seine zuvor getragenen Kleider zusammen mit der jetzt leeren Mappe in den Koffer und verbarg ihn wieder im Krempelhaufen. Die erbeuteten Dokumente trug er nun in einer dünnen wasserdichten Folie, die er sich um den rechten Oberschenkel geklebt hatte, auf sich, während der an der Aussenseite seines linken Oberschenkels befestigte Deringer unter der Breecheshose ebenfalls unsichtbar war.

Die Pistole in der rechten und die Lampe in der linken Hand, alle Sinne auf das Äusserste angespannt, schlich er so gut es die auf Hochglanz polierten schwarzen Schaftstiefel zuliessen zur Tür, machte die Lampe aus und liess sie in die linke Rocktasche gleiten. Reglos verharrte er dort, bis sich seine Augen an die Dunkelheit gewöhnt hatten.

Mit einem entschlossenen Ruck öffnete er die Tür, ohne dabei von aussen gesehen werden zu können, und wartete in der Hocke auf einen allfälligen Kugelhagel. Da dieser glücklicherweise ausblieb, richtete er sich auf und trat langsam ins Freie. Als auch jetzt nichts passierte, schloss er die Scheunentür, stellte das Velo auf die Räder und schob es mehrere Dutzend Schritte neben sich her, bis er sich schliesslich an einer geeigneten Stelle von ihm trennte.

Nach einem rund zehnminütigen Fussmarsch näherte er sich dem Bahnhof, ohne jemandem begegnet zu sein – was bei diesem Wetter und zu dieser späten Stunde freilich nicht weiter verwunderlich war. Er liess die Pistole im Holster verschwinden und setzte die schwarze Mütze mit dem silbernen SS-Totenkopf unter dem Adler auf, die er bis jetzt sicherheitshalber in der linken Hand oder unter dem Arm getragen hatte.

Ein Blick zur unter einer Lampe angebrachten Bahnhofsuhr bestätigte ihm, dass er noch rechtzeitig angekommen war; der letzte Zug musste in Kürze eintreffen. Gemächlich schlenderte er im Windschatten des Gebäudes über den Bahnsteig, wobei er trotz des gelassenen Gesichtsausdrucks seine Umgebung scharf beobachtete und seinen wachsamen Augen nichts entging.

Der Stationsvorsteher, der eben ins Freie trat, musterte ihn kurz, wandte den Blick jedoch angesichts der gefürchteten schwarzen Uniform sofort wieder von dem späten Fahrgast ab und bemühte sich, einen geschäftigen

Eindruck zu erwecken. Quint konnte das nur recht sein. Das Unbehagen, welches er damit bei so manchem Zeitgenossen auslösen konnte, war mit ein Grund für die Wahl der Dienstuniform eines Hauptsturmführers – was dem militärischen Rang eines Hauptmanns entsprach – des Sicherheitsdienstes des Reichsführer-SS, kurz SD.

Der Zug kündigte seine Einfahrt mit den für Dampflokomotiven charakteristischen Geräuschen an und kam mit quietschenden Bremsen zum Stehen. Der einzige Wagen für Personen war direkt hinter dem Schlepptender angehängt, dahinter folgten geschlossene Güterwagen, deren Kolonne sich in der Dunkelheit verlor.

Ohne Hast ging Quint auf den vordersten Wagen zu und stieg ein. Mit einem Gefühl der Dankbarkeit setzte er sich in der ungewohnten Stille und genoss die wohlige Wärme. Soweit er es beurteilen konnte, war er der einzige Passagier, und er hoffte, dass dies möglichst lange so bleiben würde.

Zischend und stampfend setzte sich der Zug in Bewegung. Immer kürzer wurden die Abstände zwischen den Auspuffschlägen, immer schneller drehten sich die Antriebsräder der mächtigen Lokomotive – und mit ihnen alle Räder des Zuges, der ihm als zuverlässiges Transportmittel bei seiner gefährlichen Mission diente. Unbeirrt brauste er durch Sturm und Regen, nur kurzzeitig durch Halte an Stationen in seiner Zielstrebigkeit behindert, und brachte ihn seinem Ziel, seiner Heimat näher.

Beim fünften Halt wich die beruhigende Monotonie jäher Anspannung. Diesmal fuhr der Zug nicht nach dem kurzen Zwischenhalt gleich wieder weiter zur nächsten Station, sondern rangierte stattdessen. Wagen wurden abgekoppelt und dafür andere angehängt. Der Vorgang dauerte mehrere Minuten, und mit jeder einzelnen stieg Quints Unruhe. Was ging hier vor?

Noch bevor er sich einen Reim auf die ungewöhnlichen Vorgänge machen konnte, wurde die Tür seines Wagens geöffnet. Während seine Hand sich unauffällig dem Holster näherte, erschien bereits das Gesicht eines jungen Offiziers in der Öffnung, der mit jugendlich anmutendem Schwung in den Wagen kletterte.

«Ah, da ist ja noch jemand!», rief der neue Passagier überrascht. «Guten Abend. Oder besser guten Morgen? Vielleicht wäre gute Nacht am treffendsten, finden Sie nicht auch?»

«Dann also gute Nacht», antwortete Quint freundlich und zwang sich zu einem leichten Lächeln, obwohl ihm beim Anblick des Oberleutnants alles andere als zum Lachen war.

Der Heeresoffizier lächelte ebenfalls. «Sie gestatten doch, dass ich mich zu Ihnen setze, Hauptsturmführer? Wie ich sehe, sind wir so etwas wie Berufskollegen, wenngleich Sie für die Konkurrenz tätig sind.»

Quints Magen krampfte sich zusammen. Hatte man ihn bereits enttarnt? Oder war er gar verraten worden? Dann erst bemerkte er, dass der Blick des verdächtig umgänglichen Mannes auf seinen linken Unterarm gerichtet war. Die SD-Raute! Der Oberleutnant musste zum militärischen Geheimdienst gehören, wenn er ihn als Konkurrenten betrachtete.

Während Quint noch überlegte, ob seine Erkenntnis ein Grund zur Erleichterung oder zur Besorgnis war, hielt ihm der Neuankömmling die rechte Hand hin mit den Worten: «Oberleutnant Ulf Zimmermann. Abwehr.»

Also tatsächlich ein Canaris-Jünger. Mit unterdrücktem Widerwillen ergriff Quint die Hand. «Hauptsturm-führer Frank Semmler, SD-Ausland. Nehmen Sie ruhig Platz. Ein wenig Gesellschaft kann in so einer trostlosen Nacht nicht schaden.»

«Danke. Demnach ist also SS-Brigadeführer Jost ihr Chef», bemerkte Zimmermann und setzte sich schräg gegenüber von Quint. «Heydrich scheint allerdings nicht mehr sonderlich zufrieden mit ihm zu sein. Ich könnte mir gut vorstellen, dass er seinen Platz bald für dessen Adlatus Schellenberg räumen muss. Der Emporkömm-ling scheint nach seiner Ernennung zum Leiter der Amtsgruppe IV E Lust auf mehr zu verspüren und macht sich für eine Erweiterung des Einflussgebiets der Sipo und des SD stark.»

«Sie scheinen ziemlich gut informiert zu sein über die Vorgänge im Reichssicherheitshauptamt», wich Quint aus, ohne sich seine innere Unruhe anmerken zu lassen. «In welcher Abteilung der Abwehr sind Sie denn tätig?»

«Abteilung III. Spionageabwehr und Gegenspionage. Also in etwa auf dem Gebiet, das Schellenberg als Ab-wehrpolizeichef unter Gestapo-Müller bewirtschaftet. Einfach mit dem Unterschied, dass wir besser sind.»

Spionageabwehr! Ausgerechnet! Quint stöhnte inner-lich. Jedes unbedachte Wort konnte seine Enttarnung bedeuten. Was aber noch viel schlimmer war: Sie fuhren zwar wieder – aber in die entgegengesetzte Richtung!

Mit einem stummen, aber deswegen nicht minder defti-gen Fluch liess der heimliche Beobachter das Fernglas sinken. Warum fuhr der Zug jetzt plötzlich in die falsche Richtung? Es bestand dringender Handlungsbedarf!

6. Kapitel

Es kostete Quint einige Anstrengung, sich seinen Unmut über die besorgniserregende Entwicklung nicht anmerken zu lassen. Wenn der Zug nicht bald wieder in die ursprüngliche Richtung fuhr, geriet sein ganzer Fluchtplan ins Wanken. Die daraus resultierenden Konsequenzen für ihn und seinen Auftrag im Feindesland wagte er sich gar nicht auszumalen.

Auch die Gesellschaft des erstaunlich offenherzigen Abwehroffiziers trug keineswegs zu seiner Beruhigung bei. Da hatte er sich extra für die Uniform eines SD-Stabsangehörigen entschieden, um möglichst gemieden zu werden, und nun das! Der zufriedene Gesichtsausdruck seines Gegenübers liess darauf schliessen, dass er den Grund für die Kursänderung kannte – und vermutlich auch für die Rangiervorgänge davor. Aber ihn danach zu fragen wagte Quint nicht, und so entschied er sich dafür, stattdessen den gleichmütigen Informierten zu mimen und das Gespräch fortzuführen.

«SS-Gruppenführer Heydrich wird schon wissen, was er tut», knüpfte er deshalb steif an Zimmermanns Prophezeiung über einen möglichen Wechsel an der Spitze des SD-Ausland an und spielte den ergebenen Lakaien. «Als Chef der Sicherheitspolizei und des SD hat er den vollen Überblick und handelt entsprechend zum Wohl beider Zweige. Ich vertraue ihm da voll und ganz.»

«Etwas anderes bleibt Ihnen ja wohl auch kaum übrig, wenn Sie nicht in Ungnade fallen wollen», entgegnete der Oberleutnant mit einem amüsierten Lächeln. «Aber das Format eines Admiral Canaris hat keiner Ihrer Vorgesetzten. Bei weitem nicht.»

«Sie scheinen den alten Mann ja geradezu zu vergöttern», konterte Quint.

Der Offizier lachte. «Das nun auch wieder nicht. Aber ich schätze ihn sehr als Geheimdienstchef. Wie Sie selbst zugeben müssen, können weder Ihr SD noch die Grobiane von der Gestapo auch nur annähernd der Abwehr das Wasser reichen. Nicht umsonst hat Schellenberg intern angemahnt, nicht mehr von Abwehrpolizei und Spionageabwehr zu sprechen, da er befürchtet, dass sonst die Wehrmacht einen totalen Abwehranspruch geltend machen und die Staatspolizei als ihre Exekutive bezeichnen könnte.»

Quint hob gleichgültig die Schultern und liess sie wieder sinken. «Wie Sie ja selbst schon festgestellt haben, gehöre ich dem SD und nicht der Geheimen Staatspolizei an. Somit interessieren mich weder Schellenbergs Befürchtungen noch seine Ambitionen. Meinetwegen kann er tun und lassen, was er will. Und Ihr Admiral im Übrigen auch.»

«Natürlich. Ich wollte Sie ja auch nur vorwarnen und Sie ein wenig am reichen Fundus der Abwehr über die Rangeleien in Ihrer Organisation teilhaben lassen. Es war nicht böse gemeint, glauben Sie mir.»

Quint nickte stumm und schaute zum Fenster hinaus, das sich kurz darauf infolge Mangels an äusseren Lichtquellen zum Spiegel mauserte.

Es folgte eine längere Phase des Schweigens, die Quint dankbar zum Nachdenken nutzte. Sein Reisegefährte hatte die Augen geschlossen und schien zu dösen, aber darauf hätte er keinen Kieselstein gewettet. Hin und wieder fuhren sie durch kleine Ortschaften – zuerst natürlich durch jene, die Quint bereits kannte –, deren spärlich beleuchtete Bahnstationen das Spiegelbild kurzzeitig beeinträchtigten. Aber der Zug hielt nirgends mehr. Stur behielt er sein Tempo bei und strebte seinem Ziel entgegen. Und mit jedem Meter rückte Quints Destination in immer weitere Ferne, ohne dass er etwas dagegen tun konnte.

In einem kurzen Anflug aufkommender Verzweiflung zog er sogar in Erwägung, den Offizier zu überwältigen, die Notbremse zu ziehen und aus dem Wagen zu stürmen. Doch angesichts der Tatsache, dass er nicht wusste, ob sich auf der neu zusammengestellten Zugskomposition mit ihm unbekanntem Ziel und unbekannter Ladung noch weitere Soldaten befanden, verwarf er den Gedanken fast augenblicklich wieder. Das Risiko erschien ihm einfach zu hoch.

Als ob er Quints ihn betreffende Gedanken erahnt hätte, räkelte sich der Oberleutnant, öffnete die Augen und sah auf seine Armbanduhr.

«Da muss ich wohl tatsächlich eingenickt sein», stellte er in Quints Richtung blickend mit leicht erstaunt klingendem Unterton fest. «Hoffentlich habe ich nicht geschnarcht.»

«Da kann ich Sie beruhigen. Sie haben keinen Mucks gemacht. Fast so, als hätten Sie gar nicht geschlafen.»

«Tja, dann habe ich vielleicht tatsächlich nicht geschlafen. Wer weiss das schon so genau? Ich meine, Sie kennen das bestimmt auch: Man legt sich hin, um ein wenig auszuruhen, schliesst dabei die Augen und öffnet sie wieder. Bei einem Blick auf die Uhr stellt man dann überrascht fest, dass es wesentlich später ist als vorher. Weil man eingeschlafen und wieder aufgewacht ist, ohne es zu merken.»

«Und was hat Ihnen Ihr Blick auf die Uhr verraten, als sie möglicherweise aus Ihrem Nickerchen erwacht sind?»

«Leider nichts, da ich nach unserer netten Unterhaltung über fragwürdige Postenbesetzungsmethoden im RSHA nicht auf die Uhr geschaut habe. Aber was ist mit Ihnen? Haben Sie geschlafen? Oder wissen Sie es auch nicht so genau?»

«Wer weiss? Vielleicht habe ich ja geschlafen und Sie nur deshalb nicht schnarchen gehört. Jedenfalls sind wir jetzt beide wach. Vorausgesetzt natürlich, dass dies nicht alles ein böser Traum ist.» Noch während er sprach, wünschte sich Quint sehnlichst, dass er dies alles tatsächlich nur träumen möge.

«Genau. Und deshalb schlage ich vor, dass wir unsere nette Plauderei von vorhin weiterführen – natürlich nur, wenn Sie mögen, Hauptsturmführer.»

«Gern», log Quint ohne mit der Wimper zu zucken. «Und worüber? Doch hoffentlich nicht wieder Canaris, Schellenberg, Müller, Heydrich oder Jost.»

«Nicht unbedingt. Es gäbe da weitaus interessantere Themen.»

«Zum Beispiel?»

«Wie wäre es mit Tieren? Seelöwen zum Beispiel?»

Der lauernde Ausdruck in Zimmermanns Blick war Quint nicht entgangen. Der Abwehroffizier wusste Bescheid! Ohne mit der Wimper zu zucken antwortete er: «Begabte Tiere, soweit ich weiss.»

«Sie kennen sich damit aus?»

Quint lächelte dünn. «Natürlich. Sie wissen doch, zu

welcher Organisation ich gehöre. Leider scheint ihr Blick in dieser Hinsicht etwas getrübt zu sein, da Sie ja so sehr von den Fähigkeiten der Ihren überzeugt sind. Es ist noch nicht lange her, da haben Sie mir zu verstehen gegeben, dass die Abwehr über SD- und Gestapo-Interna im Bilde ist. Sie denken doch nicht ernsthaft, dass dies nicht auch umgekehrt der Fall ist, oder? Wenn doch, dann enttäuschen Sie mich aber.»

Zu seiner Überraschung blieb der schlagfertige Oberleutnant einen Moment stumm und sah ihn nachdenklich an. Doch dann schien er sich gefasst zu haben. Leise sagte er: «Schiessen Sie los.»

«Unternehmen Seelöwe», begann Quint im Telegrammstil. «Deckname für die Invasion Grossbritanniens; Weisung Nr. 16 des Führers vom 16. Juli 1940; Vorbereitungen der Kriegsmarine für die Landung seit Mitte September abgeschlossen. Der Führer scheint aber nicht allzu erpicht darauf zu sein, England anzugreifen. Jedenfalls hat er die Übung abgeblasen. Genügt das, Herr Spion?»

«Nicht ganz! Die Operation wurde nicht abgeblasen, sondern lediglich verschoben, da deren Durchführung nach dem 25. September aufgrund der sich verschlechternden Wetter- und Sicht- beziehungsweise Lichtverhältnisse zu ungünstig erschien», dozierte Zimmermann, aber der Triumph in seiner Stimme erreichte seine nachdenklichen Augen nicht. «Hitler hat die Verschiebung am 15. Oktober angeordnet.»

«Das wusste ich nicht», behauptete Quint, wobei er versuchte, zerknirscht zu wirken. «Wann soll es denn nun losgehen?»

«Im Frühjahr.»

«Sehr gut!» Quint nickte zufrieden. «Es wird Zeit, dass wir den Inselaffen endlich eine Lektion erteilen! Das grossspurige Gehabe wird ihnen dann schon vergehen, wenn sie selbst dran sind!»

«Ja, das denke ich auch.»

Quint glaubte ihm kein Wort. Er konnte jetzt fast körperlich spüren, dass Zimmermann ihm zutiefst misstraute. Die Maske des Abwehroffiziers bekam Risse, begann zu bröckeln. Von nun an würden sie sich noch stärker gegenseitig belauern. Jeder würde auf einen Fehler des anderen warten, auf eine günstige Gelegenheit, um zuzuschlagen. Und die Räder dieses verfluchten Zuges rollten und rollten.

Beim ersten Klingeln beugte sich der Mann in Zivilkleidung auf seinem Bürostuhl vor und hob den Hörer von der Gabel. «Ja?»

«Die Meerkuh ist gestrandet.»

«Warum?»

«Weiss ich noch nicht. Die Karre fährt nur noch rückwärts. Offenbar Sand im Getriebe.»

«Weisser oder brauner?»

«Kann ich noch nicht beurteilen.»

«Seit wann?»

«Etwa zehn Minuten. Vielleicht auch eine Viertelstunde. Höchstens.»

Es entstand eine kurze Pause, als der Angerufene im Licht seiner Schreibtischlampe aufmerksam die vor ihm ausgebreitete Karte betrachtete. «Das müsste reichen, um die Karre wieder auf den richtigen Kurs zu bringen und die Meerkuh ins Wasser zurückzustossen», brummte er schliesslich.

«Das denke ich auch.»

«Gut, dann mache ich mich sofort auf den Weg.»

«In Ordnung. Viel Erfolg.»

«Gleichfalls.»

Noch bevor der Hörer die Gabel berührte, stand der Mann bereits und griff nach der ovalen Erkennungsmarke mit der Aufschrift «Staatliche Kriminalpolizei», die neben dem Apparat lag. Nachdenklich betrachtete er die in den bronzierten Stahl eingeschlagene Dienstnummer. Schliesslich zog er mit einem Ruck die Schublade auf und entnahm ihr ein Pendant mit der Gravur «Geheime Staatspolizei». Es war immer von Vorteil, eine Alternative zu haben.

7. Kapitel

Der Stationsvorstand blickte erstaunt von seinem Kreuzworträtsel auf, als sich die Tür öffnete und ein kräftig gebauter Mann mit Hut und Mantel ohne anzuklopfen seine geheiligte Arbeitsstätte betrat und einen Schwall kalter Luft mit sich brachte.

«Mann, können Sie nicht anklopfen? Was fällt Ihnen ein, hier einfach so hereinzuplatzen?! Der letzte Zug ist längst weg. Kommen Sie meinetwegen in ein paar Stunden wieder. Aber jetzt verschwinden Sie gefälligst! Ich habe Dienstschluss!»

«Kripo», entgegnete der ungebetene Besucher unbeeindruckt und hielt dem verdutzten Beamten die Dienstmarke unter die Nase. «Wann erwarten Sie Ihren letzten Zug, der unterwegs umgedreht hat, zurück?»

Verdutzt starrte der Vorsteher zuerst die Marke und dann deren Besitzer an. «Woher wissen Sie … das ist doch streng geheim», stammelte er verwirrt und biss sich auf die Unterlippe, als hätte er bereits zu viel gesagt.

«Die Fragen stelle ich. Also?»

Der Bahnangestellte schwieg beharrlich, obwohl ihm die Angst ins Gesicht geschrieben stand.

«Na schön.» Die Kripo-Marke verschwand wieder in der Manteltasche, um durch eine andere ersetzt zu werden. «Machen Sie jetzt endlich den Mund auf? Oder sollen wir das Gespräch im Verhörraum meiner Dienststelle fortsetzen?»

Beim Anblick der Gestapo-Erkennungsmarke wich alle

Farbe aus dem Gesicht des Stationsvorstehers. Schweissperlen erschienen auf seiner Stirn. Trotzdem blieb sein
Mund fest verschlossen.

«Sie sind wohl ein ganz harter Bursche, was?» Diesmal
wurde die Dienstmarke durch eine Pistole ersetzt, deren
kurzer Lauf umgehend durch einen Schalldämpfer ver-
längert wurde.

«Um Himmels willen, nehmen Sie Pistole runter, ich
sage ja alles, was ich weiss!», schrie der Bahnbeamte entsetzt.

«Ich höre. Und versuchen Sie nicht, mich anzulügen,
sonst muss Ihre Stelle morgen neu besetzt werden!»

«Man wird mich dafür standrechtlich erschiessen!»,
jammerte der Eisenbahner und wischte sich mit dem
Ärmel den Angstschweiss ab, der im mittlerweile in die
Augen rann.

«Das können Sie bei mir auch haben. Sofort, wenn Sie
wollen. Wann kommt der Zug?»

«In wenigen Minuten, wenn es stimmt, was mir der
Offizier erzählt hat.»

«Offizier?», echote der angebliche Sicherheitspolizist
und konnte dabei das Erstaunen in seiner Stimme nicht
ganz unterdrücken. «Was für ein Offizier? Los, Mann,
schneller!»

«Ein Oberleutnant Zimmermann hat hier angerufen
und mir mitgeteilt, dass ich hierbleiben müsse, bis der
Zug durchgefahren sei. Es sei streng geheim; ich dürfe
keiner Menschenseele etwas darüber erzählen, sonst
könnte ich wegen Verrats vor ein Erschiessungskom-
mando gestellt werden!»

«Ein Militärzug?» Ungläubig starrte der Mann in der
Kluft eines zivilen Polizisten den eingeschüchterten Be-

amten an.

«So sieht es aus. Aber mehr weiss ich nicht, wirklich! Das müssen Sie mir glauben!»

Es dauerte ganze fünfzehn Sekunden, bis der offensichtlich tief in Gedanken versunkene bewaffnete Eindringling reagierte. «Stoppen Sie ihn!»

Der zunächst fassungslose Gesichtsausdruck des Stationsvorstehers schlug um in panische Todesangst. «Das kann ich nicht!», schrie er verzweifelt. «Das wäre mein Todesurteil!»

Das hässliche Loch im Schalldämpfer der kurzläufigen Waffe ruckte ein paar Zentimeter nach oben.

«Stoppen Sie den Zug! Er muss hier halten! Schnell! Beeilen Sie sich!»

Erregt sprang der Bahnbeamte von seinem Stuhl auf, griff sich mit schmerzverzerrtem Gesicht jäh an die Brust und sackte dann mit einem ächzenden Laut zu Boden.

Im selben Moment war von draussen das typische Geräusch eines sich schnell nähernden Zuges zu hören.

«Scheisse!» Gehetzt sah sich der Mann im Raum um. Sein Blick blieb auf den Stellhebeln für die Weichen hängen. Sollte er den Zug entgleisen lassen?

Mit drei schnellen Schritten war er dort. Welches war der richtige Hebel? Er musste sicherheitshalber alle betätigen!

Als er die Pistole in die rechte Manteltasche gestopft hatte und sich seine kräftigen Hände um den ersten Hebel legten, war der Zug da. Mit einem Ruck riss er am Hebel, legte ihn um. Zu weit! So war die Weiche korrekt umgestellt! Laut ratternd brauste die Lok vorbei. Er zerrte am Hebel, um die Position der Weiche erneut zu verändern, sie in Mittelstellung zu bringen. Doch der Hebel liess sich keinen Zentimeter mehr bewegen. Der Zug fuhr bereits über die Weiche und wechselte unbeschadet das Gleis.

Mit einem Fluch liess er den Hebel los und rannte zur Tür, wo gerade die letzten Wagen an ihm vorüberrollten. Es waren geschlossene Güterwagen. Nichts an ihnen war ungewöhnlich, soweit sich das von hier beurteilen liess. Aber etwas musste damit sein, denn sonst hätte man wohl kaum diesen ominösen Zug auf dem Weg zu seinem ursprünglichen Ziel neu zusammengestellt und in die Gegenrichtung geschickt.

Hastig verliess er den Raum und eilte zu seinem in der Nähe abgestellten Fahrzeug. Er musste sofort telefonieren, aber nicht von hier! Das Unternehmen drohte gerade unwiderruflich ausser Kontrolle zu geraten!

«Schon wieder eine ungeplante Richtungsänderung! Diese verfluchte Geheimniskrämerei geht mir langsam aber sicher auf die Nerven! Was bilden sich die Herren Offiziere eigentlich ein? Wir sind schliesslich Eisenbahner, keine Soldaten!» Wütend schmiss der Heizer eine Ladung Kohle in den unersättlichen Schlund der Lokomotive.

«Was willst du dagegen machen?», näselte der stark erkältete Lokführer resigniert. «Mir ist es inzwischen völlig egal, wo wir hinfahren. Ich möchte einfach nur noch eine heisse Tasse Tee und dann ins Bett fallen und schlafen, damit dieser elende Schnupfen endlich nachlässt.»

«Das kann aber noch dauern!», schnappte der aufgebrachte Heizer. «Wenn das so weitergeht, dampfen wir durch die Gegend bis in alle Ewigkeit! Wer weiss, vielleicht drehen wir ja bei der nächsten Gelegenheit wieder um – oder fahren gleich rückwärts! Überraschen würde mich das überhaupt nicht!»

«Du übertreibst mal wieder masslos, Grünschnabel. Spätestens wenn wir keine Kohle mehr haben, ist auch diese Fahrt zu Ende. Und jetzt halt die Klappe und gib ihr noch eine Schaufel; gleich es geht bergauf!»

Oberleutnant Zimmermanns Gesichtsausdruck verriet Irritation, wenn nicht gar Beunruhigung, seit der Zug vor wenigen Sekunden deutlich spür- und hörbar über eine Weiche gefahren war und nun in einer sanften Rechts-kurve die Ortschaft verliess. Etwas schien nicht ganz nach seinen Vorstellungen zu verlaufen.

Der junge Offizier schien Quints Gedanken zu erah-nen, als ihre Blicke sich trafen. Seine Miene wurde wie-der nichtssagend. Fast gleichgültig lehnte er sich auf seinem Platz zurück und versuchte den Eindruck zu vermitteln, dass alles in bester Ordnung war.

Doch Quint liess sich dadurch nicht täuschen. Der kurze Blickkontakt hatte ihm genügt, um zu erkennen, dass sein Kontrahent zutiefst beunruhigt war und sich das Gehirn darüber zermarterte, ob er die Kontrolle über den Zug verloren hatte.

«Das haben wir nun davon!», jammerte Fechner, als sie die rote Schlussleuchte des Zuges zwischen den Häusern entschwinden sahen. «Hätten wir die Tasche doch nur einfach mitgenommen, statt sie im Zug zu verstecken! Nun ist das ganze schöne Geld futsch!»

«Dreh um, schnell!», unterbrach Mallmann seinen Ge-fährten. «Wenn wir uns beeilen, kriegen wir die Moneten vielleicht doch noch! Ich glaube, ich weiss, wohin der Zug fährt! Wenn ich richtig liege, haben wir noch eine reelle Chance, ihn unterwegs zu stoppen!»

Fechner wendete augenblicklich und beschleunigte selbst noch in der Kurve so stark, dass der Unteroffizier seine Anweisung schon fast bereute. Aber dies war ihre letzte Aussicht auf Erfolg. Wenn sie es jetzt nicht schafften, dann war die ganze Mühe und der ganze Ärger umsonst gewesen. Dann konnten sie sich ebenso gut gleich stellen.

Der junge Feldgendarm schwitzte Blut und Wasser. Mit zusammengebissenen Zähnen und angespanntem Kiefer jagte er ohne Licht dem vor ihm fahrenden Kübelwagen mit den beiden verdächtigen Wehrmännern hinterher. Sein einziger Orientierungspunkt war dabei dessen linkes Rücklicht, da das rechte vor wenigen Augenblicken ausgefallen war.

Er gab sich alle Mühe, das Tempo seines Vordermannes mitzugehen, aber unter diesen Voraussetzungen hatte er gegen den geübten Gefreiten keine Chance. Der Abstand zwischen den beiden Fahrzeugen wurde kontinuierlich grösser, und die dauernde Kritik seines Vorgesetzten war seiner Konzentration ebenfalls abträglich. Am liebsten hätte er mitten auf der Strasse angehalten und wäre einfach davongerannt.

«Nun drück endlich auf die Tube!», tobte Unteroffizier Dressler. «Die Strasse verläuft hier schnurgerade! Siehst du denn nicht, dass sich sein Rücklicht keinen Millimeter nach links oder rechts bewegt? Warum bloss hat man ausgerechnet mir eine solche Pfeife zugeteilt?!»

Das war der Moment, in dem sie den Sichtkontakt

zum Wagen der beiden Deserteure verloren. Das rote Pünktchen war von einer Sekunde auf die andere verschwunden – und blieb es auch. Daran vermochten selbst die wüsten Flüche und Beschimpfungen eines Wolfgang Dressler von der Feldgendarmerie nichts zu ändern.

Bereits beim Abheben des Telefonhörers wusste er, dass der um Atem ringende Anrufer keine guten Nachrichten für ihn hatte.

«Ja?», meldete er sich in Erwartung einer Hiobsbotschaft mit leiser Stimme fragend.

«Die Meerkuh ist wieder auf einem anderen Kurs», klang es gepresst von der anderen Seite der Leitung.

«Auf dem ursprünglichen?»

«Nein. Auf einem neuen. Immer noch im Rückwärtsgang. Es ist wesentlich mehr Sand im Getriebe als angenommen. Brauner, wie es aussieht. Mein Versuch, die Karre mit Gewalt zu stoppen, ist leider misslungen. Sie bewegt sich mit unvermindertem Tempo vom Ziel weg.»

«Also immer noch rückwärts; aber in welche Richtung? Links, rechts oder geradeaus?»

«Nach rechts.»

«Wenigstens das. Halten Sie die Stellung! Ich kümmere mich selbst darum.»

«Verstanden.»

Das Klicken, das beim Auflegen des Anrufers entstand, hörte der Koordinator schon nicht mehr. Er durfte jetzt keine Sekunde vergeuden.

8. Kapitel

«Der Zug kommt doch viel schneller voran als wir. Wie sollen wir das rechtzeitig schaffen?» Fechner flog förmlich über die lange Gerade, beflügelt von dem Gedanken an die Tasche mit dem vielen Geld.

«Ich kenne eine Abkürzung durch den Wald.» Mallmann starrte angestrengt durch die Frontscheibe, um den Weg nicht zu verpassen. «Langsam jetzt, wir sind gleich da!»

«Ich sehe ihn.» Fechner nahm noch mehr Tempo weg und bog dann vorsichtig auf den am rechten Strassenrand beginnenden Waldweg ein. Dann gab er wieder ordentlich Gas. In halsbrecherischem Tempo jagte er den allradangetriebenen BMW 325 über die holperige Piste, die an den meisten Stellen mit welkem Laub bedeckt war, durch die schmale Schneise im Wald. Wie Soldaten einer Schattenarmee, die sich ihnen in den Weg stellen wollten, sausten die sich tapfer gegen den Wind stemmenden nassen Stämme im Scheinwerferlicht an ihnen vorbei. Mehr als einmal entging der Geländewagen nur um Haaresbreite einer Kollision.

Mit vor Anspannung mahlenden Kiefern sass Unteroffizier Mallmann, sich eisern festhaltend und mit durchgestreckten Beinen, auf dem Beifahrersitz und wagte nicht, seinen Freund und Untergebenen anzusprechen. Jedes mahnende Wort konnte jetzt verheerende Auswirkungen haben. Klaus Fechner war der beste Fahrer, den man sich wünschen konnte, und wusste selbst gut genug, wann und wo seine Fähigkeiten an ihre Grenzen stiessen. Nur leider änderte auch dieses Wissen um das Können seines Kameraden nichts daran, dass er bei dieser wilden Fahrt um sein Leben bangte.

Unvermittelt endete der Wald, und sie befanden sich auf einer Wiese. Augenblicklich wurde der Wagen langsamer, als sich die Räder tief in den vom Regen der letzten Tage aufgeweichten Boden gruben. Geistesgegenwärtig schaltete Fechner zurück und fuhr geradeaus weiter, während er fragte: «Was jetzt?»

«Weiterfahren!», kam wie aus der Pistole geschossen Mallmanns Anweisung. «So kommen wir direkt zu den Schienen. Wir sind gleich da.»

Kurz darauf erfassten die Scheinwerfer das Gleis. Sofort hielt Fechner an und blickte fragend zu Mallmann hinüber.

«Ich überlege gerade, ob es zu riskant ist, die Karre mit den Scheinwerfern in Fahrtrichtung des Zuges auf das Gleis zu stellen – oder zumindest so dicht daneben, dass der Zug halten muss, wenn der Lokführer keine Kollision riskieren will. Was meinst du?»

«Gefällt mir gar nicht! Wenn er den Wagen zu Klump fährt, sind wir aufgeschmissen!»

Mallmann nickte zustimmend in die Dunkelheit. «Also müssen wir ein künstliches Hindernis errichten. Äste aus dem Wald, die wir mit unseren Scheinwerfern beleuchten, damit sie der Lokführer früh genug sieht. Das Problem dabei ist nur, dass wir dann keine Panne vortäuschen können, sondern ganz offensichtlich einen Überfall oder Sabotageakt auf den Zug verüben. Ausserdem dauert das, und wir wissen nicht, wie viel Zeit wir noch haben.»

«Dann müssen wir uns eben beeilen! Ein paar abgebrochene Äste finden wir bestimmt, und weit ist es ja nicht. Nimm du die Lampe.» Fechner schickte sich bereits an, die Tür zu öffnen und auszusteigen, doch der Unteroffizier hielt ihn zurück.

«Wir fahren. So sind wir schneller und müssen den Wagen nicht unbeaufsichtigt lassen.»

Fechner wendete und fuhr die rund fünfzig Meter zurück. Am Waldrand sprangen beide gleichzeitig aus dem Fahrzeug. Im Scheinwerferlicht suchten sie eilig einigermassen brauchbare Äste und grössere Zweige zusammen und warfen sie auf die Rücksitze.

«Wir müssen sie anzünden, damit der Zug auch wirklich stoppt», bemerkte Mallmann, als sie wieder im Wagen sassen und zum Gleis zurückfuhren. «Abgesehen davon, dass sich der Lokführer von dem bisschen Holz kaum beeindrucken lassen wird, muss er es auch rechtzeitig sehen. So können wir auch den Wagen ausserhalb der Gefahrenzone im Dunkeln stehen lassen. Es ist nicht nötig, dass sie ihn zu Gesicht bekommen.»

Rasch zerrten sie die Äste aus dem Wagen und stapelten sie kreuzweise übereinander. Die Zweige warfen sie auf den recht jämmerlich aussehenden Haufen.

«Wir brauchen noch mehr. Aber der Zug kann jeden Augenblick andampfen», stellte Mallmann mit besorgter Stimme fest.

«Ich gehe allein und suche auf der anderen Seite des Weges», anerbot sich Fechner. «Aber sicherheitshalber lasse ich den Kanister hier, damit du notfalls schon mal ohne mich anfeuern kannst.»

Während der Gefreite sich wieder hinter das Steuerrad schwang, schnappte sich Mallmann den Reservekanister und einen Lappen. Im Licht der Lampe aus dem Fahrzeug begann er, Zweige zu zerbrechen und die Stücke zwischen die Äste zu schieben. Anschliessend rückte er die obersten Äste noch etwas zurecht, um möglichst ideale Bedingungen für ein rasches Entzünden des Haufens zu haben.

Als sich Fechner mit der zweiten Ladung näherte, glaubte Mallmann für einen kurzen Moment, den Zug zu hören. Doch der anschwellende Motorlärm des BMW übertönte nun jedes andere Geräusch.

«Lass den Motor laufen!», rief er Fechner zu, während er damit begann, den Haufen mit Benzin zu übergiessen. «Ich glaube er kommt! Wirf die Äste auf den Boden und bring den Wagen ausser Sichtweite! Und nimm den Kanister mit, ich bin gleich fertig!»

Wie ein Besessener riss Fechner das Holz aus dem Fahrzeug und schleuderte es in Richtung Schienen, während Mallmann abschliessend den Lappen übergoss und den noch knapp halbvollen Kanister verschloss. Dann hörten sie es beide: das unverkennbare, stetig lauter werdende Geräusch der Auspuffschläge eines Zuges – ihres Zuges!

«Schnell, ich will anzünden!» Der Unteroffizier hielt bereits ein Streichholz in der Hand.

Fechner packte den Kanister, stellte ihn hinter den Fahrersitz und sprang in den Kübelwagen. Beim losfahren konnte er die Lichter der Lokomotive erkennen. Ein Gefühl der Erleichterung und des Triumphs überkam ihn. Sie hatten es also tatsächlich noch rechtzeitig geschafft!

Das erste Streichholz, das Mallmann über die Reibfläche kratzen liess, zerbrach. Fluchend liess er es fallen und förderte ein neues zutage. Diesmal klappte es. Doch als er damit den benzindurchtränkten Lappen in Brand stecken wollte, blies der Wind das zarte Flämmchen aus.

Das bedrohlich klopfende Geräusch wurde lauter. Bevor er das dritte Zündhölzchen anriss, warf Mallmann einen gehetzten Blick zum Zug. Die Lichter wurden grösser und kamen schnell näher. Gleich mussten sie ihn erfassen. Schnell jetzt!

Es kostete ihn einige Überwindung, dem heranbrausenden Zug den Rücken zuzukehren, um die Flamme mit seinem Körper vor dem Wind zu schützen. Zweimal ratschte der Zündkopf des Streichholzes über die raue Fläche, ohne dass es sich entzündete. Beim dritten Mal klappte es endlich. Erleichtert liess er es auf den Lappen fallen, der sofort hell aufloderte und den Holzhaufen zum Brennen brachte.

Geblendet hielt sich Mallmann schützend eine Hand vor die Augen und wandte sich ab. Mit einem letzten Blick auf die Lichter des Zuges rannte er auf den Wald zu, wo sein Kumpan auf ihn wartete. Noch bevor er die Hälfte der Distanz zurückgelegt hatte, hörte er hinter sich das Kreischen der blockierenden Räder.

Der kranke Lokomotivführer brauchte ungewöhnlich lange, bis sein Gehirn endlich realisierte, was ihm seine fiebrigen Augen übermittelten. «Pass auf!», rief er seinem Heizer noch warnend zu, bevor er eine Vollbremsung einleitete.

Wenige Sekunden später rutschten Lokomotive und Tender mit ohrenbetäubendem Lärm auf den blanken Oberflächen der Schienen über den lichterloh brennenden Haufen hinweg, der dadurch zwar niedriger, dafür aber länger wurde. Da die Strecke auf diesem Abschnitt nahezu eben verlief, um ein Stück weiter erneut deutlich anzusteigen, gestaltete sich der Bremsweg entsprechend lang. Als der Zug endlich zum Stillstand kam, züngelten die Flammen schon an der Unterseite der Böden zweier Güterwagen in der hinteren Hälfte.

Laut fluchend richtete sich der Heizer auf und rieb sich die schmerzende linke Schulter, mit der er gegen den Hinterkessel geprallt war. «Was soll das? Bist du verrückt geworden? Wieso … meine Güte, du glühst ja! Du gehörst ins Bett, nicht auf eine Lok! Du holst dir noch den Tod!»

«Heiliges Kanonenrohr!», stammelte Fechner entsetzt, als er sah, dass zwei der Wagen kurz davor standen, in Flammen aufzugehen. Wie gebannt starrte er auf das Unglück, dessen Verursacher er und Thorsten Mallmann waren. Selbst als der Unteroffizier keuchend neben ihm auftauchte, konnte er den Blick kaum abwenden.

«Das ist ja gehörig aus dem Ruder gelaufen!», presste Mallmann nach Atem ringend hervor. «Wie sollen wir so unbemerkt an den Wagen mit dem Geld rankommen, wenn es immer heller wird? Wenn die uns erwischen, dann Gnade uns Gott!»

«Schalt die Scheinwerfer ein und dreh bei der erstbesten Gelegenheit um!», schnauzte Wolfgang Dressler seinen Fahrer an. «Es besteht keine Gefahr mehr, dass sie uns bemerken; dazu sind sie entweder schon viel zu weit weg oder wir an ihnen vorbei. Vielleicht sollte ich dich durch den Fahrer der Deserteure ersetzen.»

9. Kapitel

Die Bremsverzögerung war so stark, dass Quint wie von einer unsichtbaren Riesenfaust gegen die Rücklehne seines Sitzes gepresst wurde. Da er ohnehin bereits mit angelehntem Kopf dagesessen hatte, blieb das plötzliche Ereignis für ihn jedoch glücklicherweise ohne negative Folgen.

Sein Reisegefährte, der mit Blick in Fahrtrichtung sass, hatte weniger Glück. Durch den abrupten Stopp wurde er kopfvoran von seinem Sitz auf den Platz neben Quint geschleudert. Noch bevor er richtig begriff, was mit ihm geschah, sausten Quints wie zum Gebet ineinander verschränkte Hände mit der Wucht eines Schmiedehammers auf seinen Hinterkopf nieder und liessen ihn das Bewusstsein verlieren.

Als der Zug schliesslich mit einem Ruck zum Stillstand kam, hatte Quint seinen Kontrahenten bereits entwaffnet und dessen Pistole in seinen Gürtel gesteckt. Nun knöpfte er ihm mit fliegenden Fingern den Uniformrock bis zum Gürtel hinunter auf und riss ihn über Zimmermanns Schultern bis zu den Armbeugen herunter. Mangels geeigneten Gegenstands verzichtete er notgedrungen darauf, den Oberleutnant zu knebeln.

Alles in ihm drängte danach, diesen Zug, der sich als potentielle Falle herausgestellt hatte, zu verlassen. Er hatte sich bereits umgedreht, da veranlasste ihn ein vager Gedanke, einen Blick in Zimmermanns Taschen zu werfen.

In der linken Brusttasche des umgestülpten Waffenrocks stiess er auf Papiere, die den Bewusstlosen als Oberleutnant Ulf Zimmermann auswiesen und ihm das Kommando über einen Munitionszug der Wehrmacht übertrugen. Doch das Foto zeigte einen Mann, den Quint noch nie zu Gesicht bekommen hatte und der wesentlich älter aussah als der angebliche Abwehroffizier. Der Oberleutnant vor ihm war nicht echt!

Die Erkenntnis, dass der angebliche Canaris-Verehrer ihm die ganze Zeit etwas vorgespielt hatte, verblüffte Quint. Was ihm jedoch weitaus mehr Sorgen bereitete, war der Umstand, dass er sich auf einem Munitionstransport befand. Das bedeutete Soldaten. Und die würden mit ziemlicher Sicherheit nicht sonderlich erbaut sein über die Anwesenheit eines SD-Führers.

Für einen Moment war Quint unschlüssig. Sollte er aussteigen, damit er sich ein Bild der Situation machen konnte? Oder war es klüger, einfach hier im Wagen zu bleiben und seine Rolle als Hauptsturmführer Semmler weiterzuspielen?

Während er noch überlegte, stieg ihm Brandgeruch in die Nase. Feuer – und Munition! Er musste sich einen Überblick verschaffen, bevor hier möglicherweise alles in die Luft flog. Nach einem letzten Blick auf den reglos daliegenden Uniformierten öffnete er die Tür und stieg aus dem Wagen.

Beissender Rauch zog vom Ende zur Spitze des Zuges. Der flackernde Schein des Feuers wies ihm den Weg. Die Flammen brennender Äste reckten sich nach den Brettern der Wagen über ihnen. Noch stiessen sie auf trotzigen Widerstand, doch es war nur eine Frage der Zeit, bis die Wagen Feuer fingen. Dann würde die Munition explodieren und letztlich den ganzen Zug in die Luft jagen.

Wenn er hier nicht ohne Transportmittel festsitzen wollte, gab es nur eine Möglichkeit: Er musste die Güterwagen abhängen und den Lokführer zur Weiterfahrt zwingen. Aber wo steckten eigentlich die Soldaten?

Erst jetzt fiel ihm das dumpfe Geräusch auf, das eine gewisse Ähnlichkeit mit dem wütenden Gehämmer eingeschlossener Menschen gegen Türen hatte. In diesem Fall Schiebetüren von Güterwagen. Zimmermann – oder wie auch immer sein richtiger Name war – musste die Soldaten unmittelbar vor der Abfahrt eingesperrt haben!

Einen Augenblick lang zögerte Quint. Die Soldaten dienten dem Nazi-Regime, waren seine Feinde. Eigentlich war es Wahnsinn, sie freizulassen. Aber sie einfach bei lebendigem Leib verbrennen zu lassen, kam für ihn nicht in Frage. Vielleicht liessen sie sich sogar für seine Zwecke einspannen.

Er rannte den Zug entlang und warf dabei die in seinem Gürtel steckende Pistole des falschen Oberleutnants weg, da sie dort nicht hingehörte und ihn in ernsthafte Schwierigkeiten hätte bringen können. Vor der Schiebetür des letzten Wagens blieb er stehen. Sie war von aussen verriegelt. Das Geschrei, das ihm aus dem Wageninnern entgegenschlug, war eine Mischung aus unbändiger Wut und Todesangst, die ihm die Nackenhaare sträubte. Es kostete ihn einige Überwindung, die Tür zu öffnen.

«Kommt raus!», brüllte er, sobald er nicht mehr direkt vor der Öffnung stand. «Tempo! Tempo! Wir müssen die brennenden Wagen abhängen und so schnell wie möglich weg, bevor uns alles um die Ohren fliegt!»

Während die restlichen Soldaten noch in panischer Angst aus ihrem fahrenden Käfig sprangen, baute sich ein kräftiger Feldwebel mit wutverzerrtem Gesicht vor Quint auf und schrie: «Was fällt Ihnen ein, hier Befehle zu erteilen? Glaubt ihr schwarzen Totenvögel jetzt etwa schon, uns herumkommandieren zu können? So weit kommts noch! Wenn …»

«Meinetwegen können Sie hier draufgehen, Sie sturer Hund! Aber die brennenden Wagen werden abgekoppelt!», unterbrach ihn Quint grob und wandte sich ab.

«Am Ende haben Sie uns noch eingesperrt!», giftete der Feldwebel, doch Quint liess ihn kopfschüttelnd stehen und eilte wieder nach vorn.

Die Mehrheit der Soldaten hatte sich in der Nähe der Lokomotive versammelt und schien sich über das weitere Vorgehen unschlüssig zu sein. Doch als Quint in der Mitte des Zuges ankam, stellte er erfreut und mit grosser Genugtuung fest, dass zwei Landser gerade dabei waren, die hintere Hälfte der Waggons abzukoppeln. Offensichtlich hatten zumindest sie die Situation richtig eingeschätzt und sofort mit der Umsetzung seiner Aufforderung begonnen.

«Wie lange braucht ihr noch?», erkundigte sich Quint.

«Wir sind gleich so weit! Sie können dem Lokführer schon mal Bescheid geben, dass er sich bereithalten soll!», antwortete einer der beiden, ohne in seiner Tätigkeit innezuhalten.

«Sehr gut!»

Quint trabte zur Lok und kletterte halb zum Führerstand hoch. Beim Anblick des Lokführers erschrak er. Im Schein des Feuers im offenen Kessel sah der Mann aus wie ein Geist. Auch der Heizer, der sich um seinen Kollegen kümmerte und ihn fragend ansah, wirkte irgendwie angeschlagen.

«Wir sind fertig!», rief der Soldat, mit dem Quint eben gesprochen hatte.

«In Ordnung!», brüllte Quint zurück und wandte sich an den Heizer. «Wir haben die brennenden Wagen abgehängt, aber sie können jeden Augenblick in die Luft fliegen! Fahren Sie los und halten Sie in sicherer Entfernung, damit alle Soldaten einsteigen können! Schnell!»

Der Heizer musterte ihn misstrauisch, nickte dann aber und sagte zum Lokführer. «Ich erledige das, Wilfried. Halt dich einfach gut fest …»

Auf die nächsten Worte des Heizers achtete Quint nicht mehr. Das durchdringende Pfeifen und die Auspuffschläge eines anderen Zuges liessen ihn erschrocken zusammenzucken. Er wandte den Kopf und erkannte die Lichter der Lokomotive, die sich dem Ende des Munitionstransports näherte. Blitzschnell traf er seine Entscheidung.

«Beeilen Sie sich!» rief er dem Heizer zu. «Ich kümmere mich um den anderen Zug!»

«Hier, nehmen Sie die Lampe!» Der Heizer hatte schnell geschaltet und hielt ihm eine brennende Lampe hin, die er sofort dankbar ergriff.

Mit einem Satz war Quint auf dem Boden und rannte an den Waggons vorbei. «Bringt euch in Sicherheit!», schrie er den Soldaten entgegen. «Ich stoppe den anderen Zug!»

Die Soldaten stoben augenblicklich auseinander und rannten davon, während sich die Lokomotive lautstark in Bewegung setzte und die noch angehängten unversehrten Wagen langsam aus der Gefahrenzone zog.

Gerade als Quint in gebührendem Abstand an den beiden akut gefährdeten Wagen vorbeirannte, loderten die Flammen hell auf; der vordere Waggon hatte den aussichtslosen Kampf verloren und brannte nun lichterloh. Jetzt konnte es nicht mehr lange dauern, bis es ordentlich knallte!

Mit wild hin und her geschwenkter Lampe stürmte er dem nahenden Zug entgegen, dessen Lokführer gerade wieder die Dampfpfeife ertönen liess; diesmal besonders eindringlich. Immerhin wurde er langsamer, was angesichts eines anderen Zuges auf seinem Gleis, noch dazu mit brennenden Wagen, nur allzu verständlich war.

«Anhalten! Saboteure!», schrie Quint aus Leibeskräften gegen den Wind, als er sich neben der Lok des inzwischen gänzlich zum Stillstand gekommenen Zuges befand und nur noch wenige Schritte vom Führerstand entfernt war. «Wir müssen zurück! Das ist ein Munitionszug, und er kann jeden Augenblick explodieren!»

Der erschrockene Lokführer starrte Quint entsetzt an, als er die gefürchtete Uniform des behände in den Führerstand kletternden Mannes zu Gesicht bekam. «Saboteure?», stotterte er verwirrt und tauschte einen angstvollen Blick mit seinem nicht minder verstört wirkenden Heizer. «Aber wer … wieso …?»

«Tun Sie, was ich Ihnen sage!», herrschte Quint ihn an. «Legen Sie den Rückwärtsgang ein, oder Sie finden sich in einem Verhörraum der Gestapo wieder, bevor Sie richtig realisiert haben, wo Sie sind! Wie Sie sich vermutlich vorstellen können, habe ich als Hauptsturmführer des Sicherheitsdienstes des Reichsführer-SS ausgezeichnete Verbindungen zur Sicherheitspolizei! Also, los jetzt!»

«Aber es ist ja noch dunkel!», wagte der Lokführer trotz seiner Angst vor dem rücksichtslosen SD-Führer einzuwenden. «Meine Sicht ist schon bei Tageslicht stark eingeschränkt, wenn ich die Wagen vor mir herschieben muss.»

«Sie kennen ja die Strecke», entgegnete Quint barsch. «Solange Sie die Schienen nicht verlassen, können Sie kaum vom rechten Weg abkommen. Aber bitte, wenn Sie es sich nicht zutrauen, diesen Zug wieder dorthin zurückzufahren, wo sie herkommen, dann soll eben der Heizer fahren!»

«So weit kommts noch! Ich fahre den Zug, sonst niemand!» Beleidigt schickte sich der in seiner Berufsehre gekränkte Lokomotivführer an, den unliebsamen Befehl auszuführen. Den vermeintlichen SD-Offizier würdigte er keines Blickes mehr.

Es kam Quint vor wie eine Ewigkeit, bis der Zug endlich so schnell fuhr, dass von den Soldaten keine Gefahr mehr ausgehen konnte. Bestimmt würden sie sich darüber wundern, dass er einfach verschwunden war. Aber immerhin hatte er sie aus dem Wagen gelassen und dafür gesorgt, dass sie nicht mit dem ganzen Zug in die Luft flogen. Trotzdem war er froh, dass er nun ein eigenes Transportmittel hatte – eines, das nun wieder in die entgegengesetzte Richtung fuhr und ihn seinem Ziel näher brachte, statt sich immer weiter davon zu entfernen.

Als die erste Ladung Munition explodierte und weitere Detonationen zur Folge hatte, war die Distanz zwischen ihm und der Unglücksstelle schon so gross, dass der dadurch verursachte Lärm erträglich war. Die beiden Eisenbahner sahen sich kurz an, sagten aber nichts.

Klaus Fechner packte Thorsten Mallmann aufgeregt am Arm. «Da kommt noch ein Zug! Was geht hier eigentlich vor?»

Es dauerte einen Moment, bis der Unteroffizier sich dazu äusserte. «Vielleicht ist ja das unser Zug», sagte er schliesslich nachdenklich, «und wir haben den falschen gestoppt. Zeitlich wäre das absolut drin.»

«Du hast recht! Menschenskind, das wäre ja ein Ding! Vielleicht kommen wir so doch noch an die Piepen ran!» Fechners Stimme war bei den letzten Worten vor Aufregung ganz heiser.

«Ich gehe!», sagte Mallmann entschlossen. «Setz dich schon mal in den Wagen, damit wir schnell abhauen können, wenn ich zurückkomme!»

Geduckt rannte der Unteroffizier zunächst dem Waldrand entlang. Der Zug kam jetzt gerade zum Stehen. Erst als er sich auf gleicher Höhe mit dem vordersten Güterwagen befand, änderte er die Richtung und verlangsamte seine Schritte. Mit klopfendem Herzen näherte er sich vorsichtig der Waggontür. Als er sie behutsam zur Seite schob, waren von der Lokomotive aufgeregte Stimmen zu hören. Augenblicklich hielt er inne. Hatte man ihn gesehen? Etwa eine halbe Minute lang stand er reglos da und wagte kaum zu atmen. Sein Herz pochte so laut, dass er befürchtete, man könnte es trotz der nicht gerade leisen Geräuschkulisse hören.

Erschrocken zuckte er zusammen, als die Lokomotive zu zischen begann und sich langsam rückwärts in Bewegung setzte. Er warf einen entsetzten Blick zum Führerstand hinauf, konnte dort jedoch niemanden erkennen. Der Lokführer befand sich offenbar auf der anderen Seite. In fieberhafter Eile tastete seine rechte Hand nach der Tasche, während er sich mit der linken am Türrahmen festhielt, um im Rhythmus des stetig schneller werdenden Zuges zu bleiben und das Gleichgewicht nicht zu verlieren.

Da! Seine Fingerspitzen berührten etwas, das sich wie die Tasche mit dem Geld anfühlte. Er streckte sich, seine Fingerkuppen glitten über das begehrte Objekt, kriegten es aber nicht zu fassen. Und der Zug wurde immer schneller! Aber er wollte, musste diese Tasche jetzt haben!

Mit beiden Händen stützte er sich auf dem Wagenboden auf und stiess sich im Gehen mit den Beinen ab. Mühsam krabbelte er in den Wagen, drehte sich auf allen Vieren, ertastete die Stofftasche und griff hinein. Da war es! Endlich hatten sie ihr Geld wieder! Jetzt nur noch hier raus und dann nichts wie weg!

Er klemmte die Tasche fest unter den rechten Arm und rutschte auf dem Hintern zur Tür, liess die Beine aus dem Wagen hängen und bereitete sich auf den Absprung vor. Aber was, wenn er dabei die Tasche verlor? Oder wenn er sich ein Bein oder einen Arm brach? Würde Klaus ihn finden? Der Zug fuhr jetzt schon zu schnell und wurde immer noch schneller. Er wagte es einfach nicht, bei dieser Geschwindigkeit in die Dunkelheit hinaus zu springen. Nein, das würde er nicht tun. Ganz bestimmt nicht!

Erschöpft von der Anstrengung und Aufregung der letzten Stunden, liess er sich auf ein paar Säcke sinken, auf die er nach einigem herumtasten zwischen Kisten und anderen sperrigen Gegenständen stiess. Hoffentlich schaltete Klaus und raste zum nächsten Bahnhof zurück.

Als sein Blick die dunkle Gestalt erfasste, die sich soeben durch den schmalen Spalt der Schiebetür zwängte, erstarrte er und wagte kaum noch zu atmen.

Zutiefst beunruhigt starrte Klaus Fechner durch die Frontscheibe des BMW und hielt nach seinem Gefährten Ausschau. Die Lichter des Zuges verschwanden bereits hinter einer Biegung, und noch immer war Mallmann nicht da. Hoffentlich lag er nicht irgendwo mit gebrochenen Knochen neben den Schienen!

Schliesslich hielt er die Ungewissheit nicht mehr aus und startete den Motor. Ohne das Licht einzuschalten, lediglich mit dem stetig grösser werdenden Feuer als Lichtquelle, fuhr er langsam am Waldrand entlang und hielt angestrengt Ausschau nach seinem Freund.

Die erste Explosion liess ihn vor Schreck zusammenzucken. Der grelle Blitz schräg hinter ihm erleuchtete das Gelände beinahe taghell. Doch von Mallmann war nichts zu sehen. Er war wie vom Erdboden verschluckt.

Im nächsten Moment dämmerte es Fechner: Thorsten musste im Zug sein! Eine andere Erklärung gab es nicht. Während weitere Explosionen die abgehängten Waggons förmlich auseinanderrissen, wendete er und fuhr so schnell es die Situation zuliess zurück zum Waldweg. Dort schaltete er das Licht ein und gab ordentlich Gas. Er musste vor dem Zug am nächsten Bahnhof sein, um Mallmann zu erwischen – und das Geld!

Erschrocken trat der junge Feldgendarm auf die Bremse, als nur wenige Meter vor ihm links ein Kübelwagen aus dem Wald schoss und wild schlingernd beschleunigte.

«Da sind sie ja wieder!», rief Dressler triumphierend. «Los, drück das Pedal bis zum Boden durch und häng dich an sie ran! Und wehe, du lässt sie nochmals entkommen!»

10. Kapitel

Der kranke Lokomotivführer, der stur alle beschwören-
den Hilfsangebote seines Heizers abgelehnt hatte, war
kaum noch in der Lage, seinen um fast die Hälfte kürzer
gewordenen Zug im Bahnhof zum Stehen zu bringen.
Als er es schliesslich unter Aufbietung seiner letzten
Kräfte doch geschafft hatte, brach er erschöpft zusammen. Der Heizer, der darauf vorbereitet war, konnte ihn
gerade noch festhalten und verhindern, dass er von der
Lok fiel.

Die beiden Offiziere in Wehrmachtsuniform auf dem
Bahnsteig warteten ruhig, bis der Zug stand und eine
Gruppe Soldaten aus dem Personenwaggon hinter der
Lokomotive stieg.

Als der Feldwebel, der als erster ausgestiegen war, die
beiden Uniformierten unter der Bahnhofsbeleuchtung
erblickte, zuckte er kurz zusammen. Doch dann straffte
sich seine Gestalt, und er eilte schnurstracks auf sie zu.
Noch während er strammstand und salutierte, verflog
sein Schneid beim Anblick der kalten Augen des Hauptmanns, der es nicht für nötig befand, auf die Ehrenbezei-
gung zu reagieren.

«Geheime Feldpolizei», sagte der neben ihm stehende
Leutnant ruhig, aber in seinen Worten schwang ein dro-
hender Unterton mit. «Lassen Sie Ihre Männer vor dem
Eingang antreten und kommen Sie danach ins Stationsgebäude! Beeilung!»

Ohne den verwirrten Feldwebel weiter zu beachten,

verschwanden die beiden Offiziere im Gebäude. Jetzt erst bemerkte er die aus der Dunkelheit auftauchenden fremden Soldaten, die sich von allen Seiten vorsichtig dem Zug näherten und mit der systematischen Durchsuchung der Wagen begannen. Seine Stimme war heiser, als er den Befehl des Leutnants ausführte und Kommandos brüllte.

«Hinsetzen!», befahl der Leutnant hinter dem Schreibtisch barsch, als der Feldwebel zaudernd in der offenen Tür stehenblieb. «Wir haben nicht bis zum Sonnenaufgang Zeit!»

Mit sichtlichem Widerwillen leistete der zutiefst verunsicherte Feldwebel der Aufforderung folge und liess sich vorsichtig auf dem direkt vor dem Schreibtisch stehenden Stuhl nieder. Dass der Hauptmann, dessen stechenden Blick er fast körperlich spüren konnte, seitlich von ihm sass, verstärkte sein Unbehagen noch erheblich.

«Name und Ausweis!» Der Leutnant streckte fordernd die Hand aus.

«Feldwebel Egon Strolz, Herr Leutnant», krächzte der Soldat mit vor Aufregung ausgetrocknetem Hals und förderte die verlangten Papiere aus seiner linken Brusttasche zutage.

Der GFP-Offizier studierte die Dokumente aufmerksam. Ohne den Blick zu heben, schoss er die nächsten Fragen ab: «Auftrag? Vorgesetzter?»

«Begleitung eines Munitionstransports, Herr Leutnant. Das Kommando hatte Oberleutnant Zimmermann. Aber der ist spurlos verschwunden!»

Ungläubig sah der Leutnant von seiner Lektüre auf. «Verschwunden? Was soll das heissen?»

«Was ich gesagt habe: Er ist verschwunden, als wir die

brennenden Wagen abgehängt haben, damit nicht der ganze Zug in die Luft fliegt, Herr Leutnant! Das war vielleicht ein Feuerwerk! Um ein Haar wären wir dabei draufgegangen, weil man uns im hintersten Wagen eingeschlossen hat!»

Der Leutnant wechselte einen leicht irritierten Blick mit dem Hauptmann, während er nachhakte: «Eingeschlossen? Man hat Sie und ihre Leute in einem Waggon eines Munitionszuges eingeschlossen? Wer?»

«Das weiss ich auch nicht genau, Herr Leutnant. Vielleicht war es der SS-Führer, der uns später rausgelassen hat. Aber ganz sicher bin ich mir da nicht mehr.»

«Ein SS-Führer?», wiederholte der GFP-Ermittler ungläubig. «Auf einem Munitionszug der Wehrmacht? Was hat der dort verloren? Und wieso brennende Wagen und ein Feuerwerk? Das hört sich für mich nach Sabotage an! Reissen Sie sich zusammen, Feldwebel, und erzählen Sie uns endlich der Reihe nach, was genau passiert ist! Und hören Sie damit auf, jedem zweiten Satz 'Herr Leutnant' anzuhängen! Ich weiss, welchen Rang ich bekleide!»

Feldwebel Strolz' Miene widerspiegelte Ärger, Gekränktheit und Furcht zugleich, wobei zuletzt eindeutig die Furcht überwog. «Jawohl, Herr … ich meine, das war so: Ich erhielt von meinem Vorgesetzten – Leutnant Wille – den Befehl, mit ein paar Leuten aus unserer Kompanie einen Munitionszug zu begleiten. Das Kommando hatte Oberleutnant Zimmermann, der kurz nach uns eintraf. Er wies mich an, zusammen mit meinen Männern in den hintersten Wagen zu steigen. Er selbst würde während der Fahrt im einzigen Personenwagen direkt hinter dem Tender sein. Unterwegs leitete der Lokführer eine Vollbremsung ein. Wir wollten natürlich sofort raus, um zu sehen, weshalb, aber die Schiebetüren liessen sich nicht öffnen. Jemand musste sie von aussen verriegelt haben. Wenn ich den Kerl erwische, …»

«Was geschah dann?», unterbrach ihn der Leutnant schroff.

«Nun, wir rochen, dass es brannte, und versuchten, uns aus dem Wagen zu befreien. Aber es ging nicht.» Es war dem Feldwebel deutlich anzumerken, wie schwer es ihm fiel, diese peinliche Situation zu schildern. «Nach einiger Zeit öffnete ein SS-Führer die Schiebetür. Da zwei Wagen brannten, hängten wir sie ab, damit das Feuer nicht auf weitere Waggons übergreifen konnte, und er wies den Lokführer an, den Zug so weit vorzuziehen, dass er sich in sicherer Distanz zum Feuer befand.»

An dieser Stelle drückte die Miene des Leutnants unverhohlenes Misstrauen aus. Aber er schwieg.

«Kurz darauf explodierten die brennenden Wagen. Zum Glück konnte der andere Zug noch rechtzeitig halten, sonst …»

«Der andere Zug?», echote der Ermittler ungläubig. «Was für ein anderer Zug?»

«Der nachfolgende natürlich», fuhr Strolz unbeirrt fort. «Wir stiegen dann in den vordersten Wagen und stellten zu unserem grossen Erstaunen fest, dass Oberleutnant Zimmermann sich nicht dort aufhielt. Ich befahl dem Lokführer und dem Heizer, weiterzufahren. Ja, und jetzt sind wir hier.»

«Das sehe ich!», bemerkte der Leutnant sarkastisch. «Und der SS-Führer fuhr mit Ihnen im vordersten Wagen?»

«Nein, den haben wir nicht mehr gesehen. Vermutlich ist er mit dem anderen Zug zurückgefahren.»

«Vermutlich!», schnaubte der GFP-Offizier verächtlich. «Und wer hat veranlasst, die brennenden Wagen abzuhängen?»

«Das war der Gefreite Pröll», gab Feldwebel Strolz widerwillig zu.

«Dann schicken Sie uns doch mal den Gefreiten herein, Feldwebel, und halten Sie sich draussen zu unserer Verfügung! Verstanden?!»

Strolz sprang erschrocken auf, als er das grimmige Gesicht seines Gegenübers bemerkte. «Verstanden, Herr Leutnant! Ich schicke ihn sofort herein!»

«Was halten Sie davon, Keller?», fragte der Hauptmann leise, sobald sie allein waren.

«Eine sehr merkwürdige Angelegenheit. Ich denke, er ist es. Aber was hat es mit diesem verschwundenen Oberleutnant Zimmermann auf sich? Wieso …?» Der Leutnant brach ab, als sich die Tür nach kurzem Anklopfen vorsichtig öffnete und das fragende Gesicht des Gefreiten dahinter zum Vorschein kam.

«Kommen Sie herein und setzen Sie sich, Gefreiter Pröll!», rief Leutnant Keller fast freundlich. Als der Gefreite sass, fuhr er mit ruhiger Stimme fort: «Feldwebel Strolz hat uns eine etwas konfuse Geschichte erzählt und Sie dabei lobend erwähnt. Sie haben also die brennenden Wagen abgehängt. Ist das richtig?»

«Na ja, im Grossen und Ganzen, Herr Leutnant. Wir waren zu zweit; Soldat Wegner hat mir dabei geholfen. Und angeordnet hat es der SD-Führer, der uns aus dem Wagen gelassen und uns allen damit das Leben gerettet hat. Ohne ihn wären wir wahrscheinlich in unserem rollenden Gefängnis verbrannt.»

«Ein SD-Führer, sagten Sie?», hakte der Militärpolizist

mit einem kurzen Seitenblick zu seinem Vorgesetzten nach. «Sind Sie sich da sicher?»

«Absolut sicher. Ich konnte im Schein des Feuers die SD-Raute auf seinem Ärmel erkennen. Es war ein Hauptsturmführer des SD. Oder allenfalls der Sipo.»

«Erzählen Sie uns mehr darüber, Pröll», ermunterte Keller den Gefreiten in kameradschaftlichem Ton.

«Nun, wir waren alle im hintersten Wagen – mit Ausnahme von Oberleutnant Zimmermann natürlich, der im vordersten mitfuhr. Als der Zug unterwegs plötzlich stoppte, merkten wir, dass man uns eingeschlossen hatte. Das muss unmittelbar vor der Abfahrt geschehen sein, denn danach gab es keine Möglichkeit mehr dazu. Wir schrien und hämmerten gegen die Wände, was das Zeug hielt. Irgendwann wurde die Schiebetür auf der rechten Seite geöffnet, und der Hauptsturmführer rief uns zu, dass wir die brennenden Wagen abhängen müssten, bevor noch weitere Feuer fingen. Da es zu einem Disput zwischen Feldwebel Strolz und dem Hauptsturmführer kam, verhielten sich unsere Kameraden zuerst passiv. Ich teilte die Einschätzung des SD-Führers und begann mit Hilfe von Wegner sofort, etwa die Hälfte der Wagen abzuhängen.»

«Ein Disput worüber?», unterbrach ihn Leutnant Keller interessiert.

«Soviel ich mitbekommen habe, ging es um Kompetenzen und Einmischung der SS in Wehrmachtsangelegenheiten.»

«Während Waggons eines Munitionszuges brannten? Eine sehr ungewöhnliche Prioritätensetzung, finden Sie nicht auch?»

Der Gefreite nickte zustimmend. «Deshalb kümmerte

ich mich auch nicht weiter darum, sondern handelte unverzüglich so, wie ich es für richtig hielt. Der Hauptsturmführer erkundigte sich kurz danach, wie weit wir seien, und teilte uns mit, dass er dem Lokführer befehlen werde, den Zug in sichere Entfernung zu fahren, sobald ich ihm das Zeichen dazu geben würde. So geschah es dann auch.»

«Haben Sie eine Vorstellung, wie es zu dem Feuer kommen konnte?»

«Das Feuer wurde absichtlich gelegt, kurz bevor der Zug kam!», antwortete Pröll ohne das geringste Zögern und mit einer Bestimmtheit, die keinen Platz für Zweifel liess. «Unter dem Zug befanden sich brennende Äste, die so kurzfristig angezündet worden sein müssen, dass der Lokführer nicht mehr genug Zeit hatte, rechtzeitig zu stoppen. Dadurch verteilte sich das Feuer unter dem darüberfahrenden Zug, der dann eigentlich im dümmsten Moment zum Stehen kam. Hätte der Lokführer später reagiert, wäre der Zug vielleicht sogar unversehrt geblieben – so paradox das klingen mag.»

Für einen Moment herrschte Schweigen im Raum. Dann ergriff zum ersten Mal der Hauptmann das Wort: «Es kann sich Ihrer Ansicht nach also nur entweder um einen Anschlag auf den Munitionstransport oder aber um einen – sagen wir einmal, mehr oder weniger verunglückten – Versuch, den Zug auf offenem Gelände zu stoppen, gehandelt haben, richtig?»

Der Gefreite überlegte kurz, bevor er bedächtig nickend zustimmte. «Sie könnten recht haben, Herr Hauptmann. Ich bin bisher von Sabotage ausgegangen, aber vielleicht sollte der Zug tatsächlich nur gestoppt werden – aus welchem Grund auch immer.»

Die beiden Offiziere wechselten einen vielsagenden Blick, bevor der Hauptmann sich wieder an den Gefreiten wandte. «Sie haben den falschen Dienstgrad, Pröll. Fahren Sie bitte fort. Was geschah weiter?»

«Dann kam der zweite Zug. Wir waren alle sehr überrascht, dass so kurz hinter uns noch ein anderer Zug folgte. Wieder war es der Hauptsturmführer, der schnell und entschlossen handelte. Er rannte mit einer Eisenbahnerlampe an uns vorbei und rief uns zu, dass er den Zug stoppen wolle und wir uns in Sicherheit bringen sollten. Kurze Zeit später setzte sich der andere Zug wieder in Bewegung und verschwand so plötzlich, wie er gekommen war. Den Hauptsturmführer habe ich danach auch nicht mehr gesehen; vielleicht hat er umdisponiert und ist mit dem anderen Zug zurückgefahren. Was aber noch viel merkwürdiger ist, ist das spurlose Verschwinden von Oberleutnant Zimmermann. Den habe ich seit unserer Abfahrt nicht mehr gesehen, obwohl er doch eigentlich ganz vorne im Personenwagen mitfahren wollte. Fast könnte man meinen, dass er uns bei der Abfahrt eingeschlossen hat und gar nicht im Zug war.»

Wieder sahen sich die Offiziere an, doch keiner äusserte sich dazu. Stattdessen erkundigte sich der Hauptmann nach dem Ziel des Munitionszuges.

«Keine Ahnung, Herr Hauptmann», antwortete der Gefreite schulterzuckend. «Das war von Anfang an geheim. Oberleutnant Zimmermann hat es nicht einmal dem Feldwebel gesagt. Strolz hat sich fürchterlich darüber aufgeregt. Irgendwie war der Oberleutnant seltsam. Wenn ich es mir recht überlege, ist er der Einzige, der uns eingeschlossen haben kann. Ausser ihm war bei der Abfahrt niemand in der Nähe des Zuges, der nicht dazugehörte.»

«Sie haben uns sehr geholfen, Gefreiter Pröll», schloss Leutnant Keller nach einem zustimmenden Nicken des Hauptmanns die Vernehmung. «Schicken Sie uns bitte den Lokführer her, damit wir uns auch über seine Sicht der Dinge ein Bild machen können.»

Als Pröll die Tür hinter sich geschlossen hatte, nickte Leutnant Keller anerkennend. «Das ist er. Daran kann gar kein Zweifel bestehen. Er hat aus einer schwierigen Situation das Optimum herausgeholt und ist nun wenigstens wieder halbwegs auf Kurs. Aber dieser ominöse Oberleutnant Zimmermann ist mir immer noch ein Rätsel. Woher kommt er? Was will er? Ist er ein Agent? Oder ein Saboteur? Und wer war der Feuerteufel? Was waren seine Motive? Wollte er den Zug nur stoppen oder zerstören? Fragen über Fragen.»

«Das ist in der Tat alles sehr merkwürdig», bestätigte der Hauptmann nachdenklich. «Noch dazu, wenn man bedenkt, dass der Zug auf der falschen Strecke unterwegs war. Das konnte ausser uns ja eigentlich gar niemand wissen, weil es nicht geplant und somit auch nicht vorhersehbar war. Vielleicht hat Zimmermann den Zug deshalb bei der erstbesten Gelegenheit verlassen und sich aus dem Staub gemacht, weil er Gefahr witterte. Das würde …»

Die Tür flog auf und gab den Blick frei auf einen verschwitzten Mann in russgeschwärzter Kleidung, der die beiden Offiziere zornig ansah und ihnen entgegenschrie: «Was zum Henker wird hier eigentlich gespielt?! Reicht es nicht, dass Sie uns mitten in der Nacht mit einem beschissenen Munitionszug ohne Vorankündigung auf eine andere Strecke schieben, wo man uns die Wagen abfa-

92

ckelt? Müssen Sie uns dann auch noch hier festhalten? Mein Kollege ist krank und gehört dringend ins Bett! Er hat Fieber und phantasiert schon!»

«Eigentlich hatten wir ja den Lokführer herbestellt und nicht den Heizer», entgegnete der Hauptmann ruhig, als der Wutausbruch des aufgebrachten Eisenbahners ein Ende fand. «Aber wenn das so ist und Sie schon mal hier sind … setzen Sie sich – und schliessen Sie bitte die Tür. Ich bin sicher, dass unsere Leute sich um Ihren Kollegen kümmern werden.»

Der Heizer war sichtlich überrascht, wie gelassen der Offizier reagierte. Gehorsam kam er dem freundlich verpackten Befehl nach.

«Was können Sie uns über Oberleutnant Zimmermann erzählen, Herr …?», übernahm Leutnant Keller wieder die Leitung der Vernehmung.

«Karl Erbel ist mein Name. Oberleutnant Zimmermann? Ein seltsamer Bursche. Tauchte erst ganz kurz vor der Abfahrt auf, begab sich in den Personenwaggon und wurde seither nicht mehr gesehen. Jedenfalls nicht von mir. Mehr kann ich Ihnen dazu nicht sagen. Aber vielleicht der Schwarzrock, der das Kommando übernommen und dadurch noch Schlimmeres verhindert hat. Allerdings ist auch er anschliessend spurlos verschwunden. Ich vermute, dass er mit dem anderen Zug, den er zuvor gestoppt hat, zurückgefahren ist.»

«Wie war das mit dem Feuer auf dem Gleis? Wann haben Sie es gesehen?»

«Zuerst habe ich es gar nicht gesehen. Es ging leicht bergauf, und ich schaufelte Kohle in den Kessel, als Wilfried mir eine Warnung zurief und bremste. Ich verlor das Gleichgewicht, und bis ich wieder auf den Beinen war, hatten wir das Feuer bereits überfahren. Ich sah nur, dass es im hinteren Teil des Zuges unter den Wagen brannte – und später dann natürlich die brennenden Wagen. Wilfried hat das Feuer auch erst im letzten Moment gesehen, wie er mir erzählt hat. Da er krank ist, war seine Reaktion stark eingeschränkt.»

Keller nickte verständnisvoll. «Was wollte man Ihrer Meinung nach mit dem Feuer erreichen? Den Zug stoppen oder die Munition in die Luft jagen?»

Der Heizer hob müde die Schultern und liess sie wieder fallen. «Keine Ahnung. Aber spielt das noch eine Rolle? Eigentlich hat man ja beides erreicht. Zumindest teilweise.»

«Da kann ich Ihnen nur zustimmen. Sie dürfen jetzt gehen. Danke für Ihre Mithilfe. Und gute Besserung Ihrem Kollegen.»

Als sie wieder unter sich waren, fragte der Leutnant seinen Vorgesetzten mit besorgter Miene: «Was, wenn Zimmermann ebenfalls den Zug gewechselt hat? Stellt er eine Gefahr für unseren Mann dar?»

Der Hauptmann liess sich mit seiner Antwort Zeit. «Das wird sich zeigen», sagte er schliesslich. «Vielleicht gelingt es uns ja, ihn aus dem Verkehr zu ziehen.»

Bevor Keller dazu etwas sagen konnte, erschien ein Unteroffizier und meldete: «Wir sind jetzt fertig. Wie Sie vermutet haben, Herr Hauptmann: An Bord des Zuges befindet sich keine Menschenseele mehr.»

«Gut.» Der Offizier erhob sich. «Lassen Sie die Männer antreten. Wir rücken ab.»

11. Kapitel

Auf der Lokomotive des rückwärtsfahrenden Zuges herrschte eisiges Schweigen. Der beleidigte Lokführer konzentrierte sich voll und ganz auf die Strecke, die ihm zwar vertraut, auf der er aber noch nie nachts hinter den Waggons hergefahren war. Auch der Heizer machte einen angespannten Eindruck auf Quint. Jede Sekunde, in der er keine Kohle schaufeln musste, starrte auch er in die schier undurchdringliche Schwärze dieser stürmischen Nacht.

Obwohl Quint nicht davon ausging, dass die Eisenbahner es wagen würden, sich gegen ihn aufzulehnen oder ihn gar anzugreifen, war er auf der Hut und verfolgte jede Bewegung der beiden mit Argusaugen. Auch seine bei vielen Menschen gefürchtete schwarze SD-Uniform war kein Garant dafür, dass nicht plötzlich jemandem die Sicherungen durchbrannten.

Seine Gedanken wanderten zurück zur Unglücksstelle. Wer hatte das Feuer gelegt? Und vor allem: Warum? Handelte es sich dabei um einen Sabotageakt? Immerhin war es ein Munitionstransport. Oder hatte der Anschlag auf den Zug vielleicht sogar ihm gegolten? Nein, das war sehr unwahrscheinlich. Ausser dem Stationsvorsteher war er seit seiner Flucht vom Grundstück des Generalmajors niemandem begegnet. Und weshalb hätte man dazu die Soldaten in ihrem Wagen einschliessen sollen? Damit sie niemandem in die Quere kamen?

Der Heizer griff wieder nach seiner Schaufel. Sofort

widmete ihm Quint seine ganze Aufmerksamkeit. Misstrauisch sah er dem kräftig gebauten Mann dabei zu, wie er zwei volle Schaufeln Kohle ins Feuer warf und sein Werkzeug wieder weglegte.

«Übertreib es nicht!», bellte der Lokführer gereizt und warf dem eifrigen Heizer einen vernichtenden Blick zu. «Merkst du denn nicht, dass die Strecke hier leicht abschüssig ist? Es kann dir mal wieder nicht schnell genug gehen, was? Oder willst du etwa, dass es in dieser Nacht noch ein zweites Zugsunglück gibt? Dann mach nur so weiter!»

«Wenn ich nichts nachgelegt hätte, wäre es auch nicht recht gewesen!», entgegnete der Heizer wütend. «Dann hättest du mir vorgeworfen, ich sei zu faul! Ganz gleich, wie man es macht – dir kann man es nie recht machen! Du hast immer etwas zu meckern!»

«Undankbarer Lümmel! Du kannst froh sein, dass …»

«Anscheinend ist es doch nicht so ein grosses Problem, den Zug rückwärts zu fahren», unterbrach Quint den Lokführer streng. «Sie sollten sich besser darauf konzentrieren, Ihren Beruf ordentlich zu erledigen, statt zu streiten – Sie beide!»

Ab diesem Zeitpunkt herrschte wieder Funkstille im Führerstand der Lokomotive. Gebrochen wurde sie erst, als Quint merkte, dass der Zug über eine Weiche fuhr und die Strecke jetzt zweigleisig war.

«Was hat es mit dem zweiten Gleis auf sich?», erkundigte er sich sofort.

Da der Lokführer immer noch eingeschnappt war und stur geradeaus blickte, antwortete der Heizer an seiner Stelle. «Hier können Züge kreuzen, damit die Strecke besser ausgenutzt werden kann», erklärte er. «Gleich wird sie wieder einspurig.»

«Und warum halten wir hier nicht und spannen die Lok vor das andere Ende des Zuges?»

Der Heizer schwieg, deutete jedoch mit einer leichten Kopfbewegung zum Lokführer hinüber.

«Können Sie den Zug fahren?»

«Können schon, aber ich darf natürlich nicht.»

«So, Sie verfluchter Dickschädel», wandte sich Quint mit schneidender Stimme an den Lokführer, der ihm den Rücken zuwandte, «wenn Sie jetzt nicht sofort anhalten, dann schlage ich Ihnen mit meiner Pistole die Zähne ein und befehle dem Heizer, den Zug zu fahren!»

Als der Lokführer den Kopf leicht drehte und sah, wie Quint das Holster öffnete, war sein Widerstand gebrochen, und er beeilte sich, dem Befehl nachzukommen.

«Hängen Sie die Wagen ab und gehen Sie zur anderen Seite der Kolonne, um uns nachher einzuweisen und sie wieder anzukoppeln!», trug Quint dem Heizer auf. «Und beeilen Sie sich!»

Der Heizer schnappte sich die Lampe und verschwand in der Dunkelheit. Als er so weit war und das Zeichen gab, brauchte der Lokomotivführer keine Ermunterung mehr von Quint, sondern fuhr sofort los – diesmal vorwärts, zurück zur Weiche, die sie vor kurzem schon einmal in der Gegenrichtung passiert hatten. Dort hielt er, Quint stellte die Weiche um, und sie fuhren auf der anderen Spur wieder rückwärts an den Wagen vorbei bis zu der Stelle, wo die Strecke wieder eingleisig wurde.

Nachdem Quint diese Weiche zweimal umgestellt hatte, fuhren sie wieder vorwärts auf der Hauptspur zu den Wagen zurück, wo der Heizer die Lampe schwenkte. Zentimetergenau brachte der erfahrene Eisenbahner sein

Gefährt zum Stehen, und der Heizer koppelte die Wagen in Rekordzeit an die Front der Lokomotive.

«Fahr los!», rief der Heizer schon, als er erst in der Mitte der Lok war. Etwas in seiner Stimme liess Quint aufhorchen. Das Tempo, mit dem er im Führerstand erschien, sowie sein hastiger Griff nach der Kohleschaufel bestätigte Quints Verdacht: Der Mann hatte Angst. Nervös wanderte sein Blick immer wieder von einer Seite des Führerstands zur anderen, als erwarte er jeden Moment, dort jemanden aus der Finsternis auftauchen zu sehen.

Auch Quint verspürte nun eine seltsame Unruhe. Was hatte den jungen Kerl so verängstigt? Erst als der Zug wieder richtig Fahrt aufgenommen hatte, wirkte der Heizer etwas entspannter.

«Was ist passiert?», fragte ihn Quint leise.

«Im hintersten Güterwagen ist jemand. Die Schiebetür ist einen Spaltbreit offen. Das war sie bei der Abfahrt nicht.»

«Das muss ja noch nichts heissen», entgegnete Quint ohne grosse Überzeugung.

«Jemand hat gehustet. Nur ganz kurz, aber ich habe es deutlich gehört. Wir haben einen heimlichen Passagier, glauben Sie mir!»

«Na, dem werde ich Beine machen!», schnaubte der Lokführer, der zum ersten Mal seit Quints Drohung wieder den Mund öffnete, aufgebracht. «Blinde Passagiere gibt's auf meinem Zug nicht! Der kann was erleben!»

«Unterstehen Sie sich!», warnte ihn Quint eindringlich, als der Lokführer Anstalten machte, die Geschwindigkeit zu reduzieren. «Wir haben die Zugsumstellung gemacht, damit sie etwas bessere Sicht haben und schneller fahren

können. Aber ganz bestimmt nicht, um jetzt wieder anzuhalten!»

«Bessere Sicht! Nur weil die Wagen weg sind, heisst
das noch lange nicht, dass die Sicht besser ist! Schliesslich
ist es immer noch dunkel!»

«Habe ich schon erwähnt, dass ich hinter einem ausländischen Spion und Saboteur her bin und bei der Abwehrpolizei gute Freunde habe, die sich einen Spass daraus machen, Leute, die unsere Arbeit behindern, zur
Räson zu bringen?»

Der Lokführer biss sich auf die Lippen und erhöhte
die Geschwindigkeit etwas. Dann schnauzte er den Heizer an: «Wann gedenkst du eigentlich, deine Schaufel
wieder zu benutzen? Oder glaubst du etwa, die Kohle
fliegt von selbst vom Tender ins Feuer, nur weil wir hinter ihm herfahren?»

Quint liess sich seine Besorgnis über die Beobachtung
des Heizers nicht anmerken. Ruhig und scheinbar gelassen stand er an seinem Platz. Doch seine Gedanken kreisten um den Waggon mit der offenen Tür und dem hus-
tenden Mann. Handelte es sich bei ihm etwa um den
falschen Oberleutnant Zimmermann? Waren sie nun
wieder beide mit dem gleichen Zug unterwegs?

Vor Entsetzen wie gelähmt, den Blick starr auf die Stelle
gerichtet, von wo die Geräusche des Eindringlings kamen, sass Mallmann auf den Säcken und hielt die Tasche
mit dem Geld fest umklammert. Aus Furcht, sich sonst
zu verraten, wagte er nur ganz flach zu atmen.

Der Unbekannte war glücklicherweise bei Weitem
nicht so leise und vorsichtig, da er sich allein im Wagen
wähnte. Den Geräuschen nach zu urteilen, die in unre-

gelmässigen Abständen zu hören waren, versuchte er, es sich möglichst bequem zu machen. Ausserdem schien er sich tendenziell von der immer noch offenen Tür zu entfernen – und damit auch von ihm. Trotzdem war die Gefahr, dass er entdeckt wurde, nur unwesentlich kleiner geworden. Jede unbedachte Bewegung, jedes noch so kleine Geräusch im falschen Augenblick konnte ihn verraten.

Plötzlich bremste der Zug, wurde rasch langsamer und kam schliesslich vollends zum Stehen. Kurz darauf schien sich jemand an den Wagen zu schaffen zu machen. Jedenfalls hörte es sich für Mallmann so an. Dann fuhr die Lok wieder an, allerdings ohne dass sich der Rest des Zuges bewegte. Sie entfernte sich.

Der Unteroffizier spürte ein Gefühl der Panik in sich aufsteigen. Sie mussten sich auf offener Strecke befinden. Es war unvorstellbar, dass Thorsten Fechner ihn hier finden würde. Als er durch den Spalt der Schiebetür das Licht einer starken Lampe sah, sog er erschrocken die Luft ein und verschluckte sich. Sein Husten war nur ganz kurz, aber Mallmann war sich sicher, dass ihn nicht nur der Unbekannte im Wagen, sondern auch der Eisenbahner gehört haben musste.

Doch seltsamerweise reagierte der Lampenträger nicht. Auch der andere verhielt sich mucksmäuschenstill, was aber zum jetzigen Zeitpunkt durchaus verständlich war und sich ändern würde, sobald die Gefahr einer Entdeckung nicht mehr akut war.

Das nun stetig lauter werdende Geräusch der Lokomotive, die nun offenbar wieder zurückkam und schliesslich sogar an ihnen vorbeifuhr, sorgte für weitere Verwirrung bei Mallmann. Was hatte das alles zu bedeuten? Erst als das Geräusch erneut lauter wurde und ein leichter Ruck durch die abgehängten Wagen ging, dämmerte ihm, dass man die sich bietende Gelegenheit des Vorhandenseins eines zweispurigen Streckenabschnitts dazu genutzt hatte, die Lok an die Spitze des Zuges zu bringen. Die kurz darauf folgende Bestätigung, als sie wieder rollten, bedeutete aber auch, dass seine Schonzeit jetzt vorbei war.

Keine zwei Minuten später war es so weit. «Wer sind Sie?», wollte der zweite Passagier wissen.

Mallmanns Mund war trocken vor Anspannung, als er antwortete: «Ein Soldat, der zur falschen Zeit am falschen Ort ist.»

«Haben Sie das Feuer gelegt?»

Es kostete Mallmann grosse Überwindung, darauf zu antworten. «Ich wollte nur den Zug stoppen», gab er schliesslich leise zu. «Aber das nasse Holz brannte nicht sofort, und der Lokführer hat viel zu spät reagiert. Das war alles ein schreckliches Unglück, das ich gern ungeschehen machen würde.»

«Warum wollten Sie den Zug stoppen?»

Der Unteroffizier überlegte fieberhaft, was für eine Begründung ihm der andere abnehmen würde, ohne dass er das Geld erwähnen musste. «Ich brauchte ein Transportmittel, weil mir mein Kamerad mit dem Wagen abhandengekommen ist.»

Es dauerte ein paar Sekunden, bis eine Reaktion auf seine Notlüge kam. «Abhandengekommen? Ihr Kamerad mitsamt Fahrzeug? Hier draussen? Das hört sich ja fast so an, als hätte er Sie aus dem Wagen geworfen. Oder als wäre er desertiert.» Der Mann lachte leise.

Mallmann, dem alles andere als zum Lachen zumute

war, schwieg. Was sollte er darauf antworten? Die nächste Frage liess ihn wie unter einem Peitschenhieb zusammenzucken.

«Oder sind etwa Sie desertiert? Brauchten Sie deshalb ein anderes Transportmittel?»

Unteroffizier Mallmann nahm seinen ganzen Mut zusammen und ging zum Gegenangriff über: «Was ist mit Ihnen? Wieso sind Sie im letzten Augenblick in diesen Wagen geklettert? Sind Sie auf der Flucht?»

«Nein, auf der Jagd. Aber nicht nach Deserteuren, seien Sie unbesorgt. Ich bin weder Polizist noch Feldgendarm. Ich bin Offizier der Abwehr und jage Spione. Abteilung III – Spionageabwehr und Gegenspionage, um genau zu sein. Und der Spion, hinter dem ich her bin, ist auf der Lok und gibt sich als Hauptsturmführer des SD aus.»

Eine Woge der Erleichterung durchflutete den Unteroffizier. Der Geheimdienstoffizier hatte wichtigeres zu tun, als sich um ihn zu kümmern. Bestimmt würde er ihn gehen lassen, wenn der Zug hielt. Doch sogleich erhielt er einen herben Dämpfer.

«Ich schlage Ihnen einen fairen Handel vor: Sie helfen mir dabei, den Spion unschädlich zu machen. Dafür erfährt niemand, dass Sie ein Deserteur sind. Ich gebe Sie als meinen Gehilfen bei der Agentenjagd aus. Einverstanden?»

Thorsten Mallmann spürte eine neue Welle in sich aufsteigen: eine Welle der Angst – und der Übelkeit.

12. Kapitel

Klaus Fechner schwitzte Blut und Wasser. Dieser verfluchte Dressler klebte schon wieder an seinem Arsch. Um ein Haar hätte er den Wagen der Feldgendarmen gerammt, als er vom Waldweg auf die Strasse eingebogen war. Und jetzt jagten sie ihn. Obwohl er wie ein Irrer fuhr, liessen sie sich diesmal nicht so einfach abschütteln.

Vielleicht lag es auch daran, dass seine Gedanken immer wieder um das Verschwinden von Thorsten Mallmann kreisten. Zum ersten Mal in all den Jahren, die sie sich kannten, nagte der Zweifel an der Integrität seines Freundes an ihm. Wollte Thorsten das Geld für sich allein? Und bei der Gelegenheit auch gleich ihn loswerden? Immerhin hatte er Kemmerich auf dem Gewissen, auch wenn es ein Unfall gewesen war. Er hatte zugeschlagen und dadurch den Tod des verhassten Leutnants verursacht. Jeder in der Truppe wusste um seine abgrundtiefe Abneigung, ja Verachtung, die er den Offizier oft genug hatte spüren lassen. Warum also sollte es nicht Mord gewesen sein?

Der vor ihm liegende Streckenabschnitt erforderte bei diesem Tempo seine volle Konzentration. Wenn er jetzt einen Fehler machte, hatten sie ihn. Dann war alles vorbei, alles umsonst gewesen.

Das Lenkrad mit beiden Fäusten wie zwischen zwei Schraubstöcken eingespannt festhaltend, ohne den Fuss vom Gaspedal zu nehmen, raste er um die erste Kurve und visierte bereits die nächste an. Sie war etwas langgezogener und leerte nach links aus, hatte also leichtes Gefälle gegen aussen. Immer weiter drängte die Fliehkraft den Wagen an den Strassenrand und liess die Bäume näher rücken. Die Kurve schien kein Ende nehmen zu wollen. Das linke Vorderrad geriet über den Teer hinaus und rutschte auf dem Laub noch schneller weg. Erst als der Kotflügel an einer kleinen Birke entlangschrammte, stabilisierte sich der BMW.

Aufatmend entspannte sich Fechner wieder etwas und registrierte mit einem kurzen Blick in den Spiegel zufrieden, dass seine Verfolger nun deutlich zurückgefallen waren. Aber aus dem Schneider war er deshalb noch lange nicht. Bis zum Bahnhof war es jetzt nicht mehr weit, und sein Vorsprung war sehr knapp für ein erfolgreiches Verschwinden von der Bildfläche.

Wenig später tauchten die Umrisse der ersten Häuser vor ihm auf. Dort vorn war auch schon die Abzweigung zum Bahnhof. Ein weiterer Blick in den Spiegel zeigte ihm, dass sich der Wagen mit Dressler und seinem Gehilfen noch hinter einem Hügel befand – sofern sie nicht einfach das Licht gelöscht hatten.

Instinktiv schaltete er nun seinerseits die Lichter aus und fuhr am Weg zum Bahnhof vorbei. Falls die beiden Feldgendarmen etwas von den Ereignissen mit den beiden Zügen mitbekommen hatten, oder wenn sie einfach aufgrund ihrer Erfahrungen in dieser nicht enden wollenden Nacht damit rechneten, dass er zum Bahnhof wollte, musste er sie austricksen.

So bog er erst ein Dutzend Meter weiter ab, und zwar auf die dem Bahnhof entgegengesetzte Seite. Im Schritttempo liess er den Wagen in eine schmale Lücke zwischen zwei Häusern rollen und stellte den Motor ab.

Als er sich vom Fahrzeug entfernte und vorsichtig um die Hausecke spähte, erreichten Dressler und sein Fahrer gerade die Abzweigung zum Bahnhof. Der Wagen stoppte kurz, setzte sich aber sogleich wieder in Richtung der Schienen in Bewegung.

Fechner rannte über die Strasse und näherte sich ebenfalls dem Bahnhofsareal, indem er die Häuser als Deckung nutzte. Auf den letzten Metern verlangsamte er seine Schritte. Eng an eine Hausfassade geschmiegt, schob er den Kopf vorsichtig Zentimeter um Zentimeter vor.

Die beiden Feldgendarmen stiegen gerade aus dem Wagen. Dressler bedeutete seinem Untergebenen, beim Fahrzeug zu bleiben, und marschierte schnurstracks auf das Stationsgebäude zu – und damit auch in Fechners Richtung.

Jetzt erst fiel dem Gefreiten die Gestalt auf, die mit tief in den Manteltaschen vergrabenen Händen vor dem Eingang des Gebäudes stand und dem Feldgendarmen entgegenblickte.

«Wo ist der Stationsvorstand?», rief ihr Dressler zu.

Der Mann, der unmittelbar nach den Vernehmungen der drei Zeugen durch die beiden GFP-Offiziere wieder zum Bahnhof zurückbeordert worden war, liess sich mit seiner Antwort Zeit. Erst als der Unteroffizier nur noch drei Schritte von ihm entfernt war, bequemte er sich zu einem knappen: «Drinnen.»

Drohend baute sich der Feldgendarm vor ihm auf. «Machen Sie Platz! Ich muss zu ihm!»

«Das wird etwas schwierig. Was wollen Sie denn von ihm?»

«Das werde ich ihm schon selbst sagen! Und jetzt lassen Sie mich gefälligst durch, ich habe es eilig!», schnaubte Dressler wütend und machte Anstalten, den seltsamen Türsteher einfach beiseite zu schieben.

Doch der blieb unbeeindruckt stehen. «Ich fürchte, Sie müssen mit mir Vorlieb nehmen, Soldat. Der Stationsvorsteher ist tot. Also, was wollten Sie von ihm?»

Dressler platzte der Kragen. «Soldat? Sind Sie blind, Mann? Sehen Sie nicht, dass ich Unteroffizier bin? Und zwar nicht von irgendeiner x-beliebigen Einheit, sondern der Feldgendarmerie?!»

Der Zivilist zuckte unbeeindruckt mit den Schultern. «Für mich sind alle Angehörigen der Wehrmacht Soldaten, egal, was für Rangabzeichen sie tragen; ich mache da keinen Unterschied. Und Feldgendarmen sind für mich nichts weiter als verkleidete beruflich gescheiterte Polizisten. Da ich selbst Polizeibeamter bin, kann ich das sehr gut beurteilen, glauben Sie mir.»

«Sie eingebildeter, arroganter Scheisskerl!», brüllte Dressler mit wutverzerrtem Gesicht. «Am liebsten würde ich Ihnen die dreckige Visage polieren!»

«Besser nicht. Die Pistole in meiner Manteltasche ist genau auf Ihren Bierbauch gerichtet und würde ihr Ziel mit Sicherheit nicht verfehlen. Also: Entweder sagen Sie mir das, was sie dem Stationsvorsteher sagen wollten, oder Sie verschwinden hier wie ein geölter Kugelblitz, klar?»

Der Unteroffizier ballte die Fäuste, besann sich dann jedoch eines Besseren und presste mit unterdrückter Wut heraus: «Na schön, Nachtwächter. Ich verlange, dass Sie den in Kürze eintreffenden Zug stoppen!»

«Der hält hier sowieso», gab der Beamte gelassen zur Antwort. «Aber vielleicht erklären Sie mir freundlicherweise noch den Grund für Ihr Anliegen.»

«Ich wüsste nicht, was Sie das angeht! Weisen Sie sich gefälligst zuerst einmal ordentlich aus, bevor Sie hier Fragen stellen! Jeder dahergelaufene Strolch kann behaupten, Polizist zu sein; ein allzu grosser Unterschied besteht da schliesslich nicht!»

«Sagt ausgerechnet ein Kettenhund, der lieber Landser schikaniert und bespitzelt, als gegen den Feind zu kämpfen», konterte der Sicherheitspolizist, während er die Gestapo-Marke aus der linken Manteltasche zog und sie Dressler unter die Nase hielt. «Zufrieden, Soldat?»

Gerade als Dressler den Mund für eine besonders gehässige Erwiderung öffnete, kündigten die unverwechselbaren Geräusche den Zug an. Zum grossen Erstaunen der beiden Streithähne, vor allem aber von Fechner, der den Zug anders hatte abfahren sehen, bildete der Tender vor der rückwärtsfahrenden Lokomotive die Spitze des Zuges, der nun immer langsamer wurde.

Der Gestapobeamte liess Dressler einfach stehen und ging mit grossen Schritten auf die Lokomotive zu. Dort bekam er wider Erwarten als Erstes nicht den Lokführer, sondern einen Mann in SS-Uniform zu Gesicht, der ihn misstrauisch musterte. Er war also tatsächlich da.

Ohne sich etwas anmerken zu lassen, hielt er seine Dienstmarke hoch und sagte laut und deutlich: «Gestapo. Wie ich sehe, ist der Zug in guten Händen. Wir haben vom Anschlag auf den Munitionszug gehört; auch, dass Sie sehr umsichtig und entschlossen gehandelt haben. In Absprache mit der GFP und der Abwehr haben wir beschlossen, dass Sie die Befehlsgewalt über diesen Zug erhalten. Sie haben freie Fahrt bis zu Ihrem ursprünglichen Zielbahnhof. Alle Stationsvorsteher sind informiert worden. Ihren Anweisungen ist strikt Folge zu leisten. Haben Sie das mitbekommen, Herr Lokomotivführer?!»

«Ich bin ja nicht taub», brummte der sichtlich eingeschüchterte Lokführer mürrisch, dessen angsterfülltes Gesicht neben Quint auftauchte und seine unfreundlichen Worte Lügen strafte.

«Dann halten Sie sich gefälligst daran, klar?» Ohne eine Antwort abzuwarten, wandte sich der Geheimpolizist wieder an Quint. «Kann ich sonst noch etwas für Sie tun, Hauptsturmführer?»

Quint schüttelte den Kopf. «Danke, nein, das genügt vollkommen. Ich weiss Ihre Bemühungen sehr zu schätzen. Richten Sie das bitte auch Ihren Vorgesetzten aus.»

«Das werde ich. Dann gute Reise.» Der Bote drehte sich um und marschierte wieder zur Station zurück, wo der Feldgendarm staunend der Konversation gelauscht hatte. «Gehen Sie nach Hause, Soldat. Hier gibt es nichts mehr zu sehen.»

Als der Zug gemächlich wieder Fahrt aufnahm und an Fechner vorüber rollte, sah er die nicht ganz geschlossene Tür des letzten Güterwagens – des ursprünglich vordersten Güterwaggons, wo Mallmann das Geld versteckt hatte, wie ihm schlagartig bewusst wurde. Thorsten musste im Wagen sein! Mit dem Geld!

Ohne zu zögern spurtete der Gefreite los. Wenn er jetzt nicht handelte, würde er das Geld nie mehr sehen, denn den Zug konnte er unmöglich einholen, zumal ihm vom Gestapobeamten freie Fahrt zugesichert worden war und er somit nirgendwo mehr halten musste, wenn der SS-Führer es nicht wollte.

Doch der Zug war bereits zu schnell, als dass Fechner den Waggon noch hätte erreichen können. Aber für den

Personenwagen direkt dahinter reichte es allemal.

Noch im Laufen hörte er Dressler rufen: «Halt! Bleib stehen, du verfluchter Schweinehund!»

Ohne darauf zu achten, enterte er den Wagen und schloss die Tür hinter sich, bevor er sich mit einem Gefühl grimmiger Zufriedenheit auf eine Sitzbank fallen liess.

Dass Dressler rannte wie noch nie in seinem Leben und den letzten und damit zweiten Personenwagen unmittelbar hinter dem anderen gerade noch erwischte, blieb Fechner verborgen. Noch.

«Elender Mist», murmelte der allein beim Stationsgebäude zurückgebliebene Sicherheitspolizist und blickte zum Kübelwagen der Feldgendarmen hinüber, dessen Motor gerade gestartet wurde und der nun ebenfalls in der Dunkelheit verschwand. Ihm wäre bedeutend wohler gewesen, wenn der grosskotzige Unteroffizier ebenfalls im Auto gesessen hätte.

13. Kapitel

Quints Gedanken überschlugen sich. Was hatte das eben zu bedeuten? Wieso stellte sich ein Gestapobeamter mitten in der Nacht auf einen Bahnhof, um ihm mitzuteilen, dass er freie Fahrt hatte? War es eine Falle? Oder war er ein Bote jener Leute, die den Nachschlüssel zum Safe von Generalmajor Buchholz organisiert hatten?

Ein wütender Ruf riss ihn aus seinen Überlegungen. Er lehnte sich aus dem Führerstand und blickte zurück. Eine uniformierte Gestalt rannte auf das Ende des Zuges zu und verschwand dann im hintersten Wagen. Das musste der Soldat gewesen sein, der vor dem Eingang des Stationsgebäudes gewartet hatte. Aber warum wollte er jetzt erst mitfahren?

Die offene Schiebetür des Waggons, in dem der Heizer jemanden husten gehört hatte! Das konnte eine Erklärung sein. Aber weshalb? Was hatte den Mann derart in Aufregung versetzt, dass er in letzter Sekunde auf einen fahrenden Zug aufsprang? Hatte er jemanden gesehen, den er kannte oder zu kennen glaubte? Das war eher unwahrscheinlich, da sich der Betreffende ja im dunklen Wagen befinden musste. Gesehen ja, erkannt eher nicht. Ausser, er hatte einen Verdacht, um wen es sich bei dem blinden Passagier handelte. Um den falschen Oberleutnant Zimmermann vielleicht?

«Würden Sie uns freundlicherweise mitteilen, wo Ihr ursprünglicher Zielbahnhof ist, von dem Ihr netter Kollege gesprochen hat?», liess sich der Lokführer, der den ersten Schock offenbar verdaut hatte, mit leicht spöttischem Unterton vernehmen.

«Zu gegebener Zeit. Bis dahin fahren Sie einfach immer den Schienen nach, Kapitän.»

Während der Lokführer sein verächtliches Schnauben erfolglos als ein Problem mit seiner Nase zu tarnen versuchte und ein grosses Taschentuch aus der rechten Hosentasche zog, registrierte Quint auf dem Gesicht des Heizers ein schadenfrohes Grinsen. Der Bursche schien in Ordnung zu sein – aber im Auge behalten musste man ihn natürlich trotzdem.

«Haben wir eigentlich noch andere Fahrgäste? In den Personenwagen, meine ich», erkundigte sich Quint unvermittelt.

«Nein. Rechtschaffene Bürger reisen normalerweise nicht mitten in der Nacht.»

Quint ignorierte die unterschwellige Feindseligkeit in der bissigen Bemerkung des Eisenbahners und musste ihm inhaltlich insgeheim recht geben. Aber er hatte bei seiner Frage ja schliesslich auch nicht an rechtschaffene Bürger gedacht, sondern an deutsche Geheimdienstler oder Geheimpolizisten und dergleichen. Und davon schienen in dieser Nacht etliche unterwegs zu sein. Für seinen Geschmack eindeutig zu viele, auch wenn sich einige von ihnen sehr um sein Fortkommen bemühten. Sofern es sich dabei – und nun war er wieder an diesem Punkt angelangt – nicht um eine heimtückische Falle handelte. Falls es aber tatsächlich so war, dann sass er bereits mitten drin – zumindest solange er auf diesem Zug mitfuhr.

Aber was für Alternativen hatte er? Den Zug verlassen und sich irgendwie anders zum vereinbarten Treffpunkt durchzuschlagen? Dafür war die Zeit inzwischen zu knapp geworden. Ausserdem wussten sie ja sehr genau, wo er war. Und was die Mitfahrer im hinteren Teil des Zuges betraf, so stellten sie für ihn das geringste Risiko dar, wenn der Zug ohne Halt durchfuhr. Dann sassen sie in ihren Waggons fest. Nein, vorläufig würde er ohne Not keine Planänderung vornehmen.

Im hintersten Güterwagen hatten die beiden ungleichen Reisegefährten aufmerksam den Worten des Gestapobeamten gelauscht.

«Ihr ausländischer Agent scheint ja ausgezeichnete Verbindungen in die Schaltzentralen unserer Geheim- und Abwehrdienste zu haben», brummte Mallmann erstaunt, als der Zug sich endlich wieder in Bewegung setzte.

«Das verblüfft mich tatsächlich auch», gestand der angebliche Abwehroffizier auf eine Art und Weise, die den Unteroffizier keinen Augenblick daran zweifeln liess, dass er es ernst meinte. «Der Mann ist mir ehrlich gesagt ein Rätsel. Aber ich komme schon noch dahinter, was es damit …»

Bevor Zimmermann den Satz ganz beendet hatte, hörten sie draussen jemanden brüllen: «Halt! Bleib stehen, du verfluchter Schweinehund!»

Unmittelbar darauf hörten sie die Tür des Wagens direkt hinter ihnen zuschlagen.

«Da ist noch jemand zugestiegen», zischte der falsche Oberleutnant. «Scheint ja ziemlich begehrt zu sein, unser Zug.»

Mallmann, der sich weit weg wünschte, schwieg. Die Angst schnürte ihm die Kehle zu. Er hatte die befehlsgewohnte Stimme zweifelsfrei als jene dieses Kotzbrockens Wolfgang Dressler erkannt. Dass der Feldgendarm hier war, konnte nur bedeuten, dass er dem Zug gefolgt war, um ihn zu schnappen. Und jetzt sass er im Wagen hinter ihnen! Aber warum hatte er ihn zum Stehenbleiben aufgefordert, wo er sich doch im Zug befand?

Dann fiel es ihm wie Schuppen von den Augen: Klaus! Er musste die richtigen Schlüsse daraus gezogen haben, warum er vergeblich auf seine Rückkehr mit dem Geld gewartet hatte, und dann die Verfolgung des Zuges aufgenommen haben – leider mit den beiden Feldgendarmen im Schlepptau, die sich diesmal nicht hatten abschütteln lassen. Somit konnte die Aufforderung des Unteroffiziers eigentlich nur Klaus Fechner gegolten haben, was wiederum voraussetzte, dass sein Kamerad ebenfalls zumindest versucht hatte, den Zug zu besteigen, und nun vielleicht in einem der beiden letzten Wagen sass!

Ein Gefühl der Erleichterung überkam Mallmann. Wenn Klaus tatsächlich auch im Zug war, dann würden sie es gemeinsam irgendwie schaffen, aus den Klauen des Feldgendarmen und des Agentenjägers zu entkommen – vorzugsweise mit dem Geld.

«Was ist, hat es Ihnen die Sprache verschlagen?», liess sich Zimmermann wieder vernehmen.

«Ich mache mir Sorgen wegen des Mannes, der herumgebrüllt hat. Ich weiss, wer er ist. Wenn er jetzt auch mitfährt, könnte das ziemlichen Ärger bedeuten – für uns beide.»

«Macht er Jagd auf Sie? Ist er von der Feldgendarmerie?»

Mallmann schwieg. Vielleicht konnte er so davon ablenken, dass es vermutlich – hoffentlich – noch einen weiteren neuen Mitreisenden gab. Dass sein Vorhaben misslungen war, offenbarte sich ihm sofort.

«Und die Aufforderung, stehenzubleiben, galt Ihrem Fahrer? Sind Sie gemeinsam desertiert? Wurden Sie nur deshalb getrennt, weil Sie unbedingt in diesen Waggon wollten, obwohl der Zug schon wieder rollte?»

Unteroffizier Thorsten Mallmann beschloss in dieser Sekunde, den Mund zu halten und ab sofort nicht mehr freiwillig mit Informationen herauszurücken.

Einen Waggon weiter hinten hatte es sich Fechner so bequem wie möglich gemacht und überlegte, wie er weiter vorgehen sollte. Da der Zug den Worten des Gestapobeamten zufolge wohl für längere Zeit nicht mehr halten würde, hatte er es nicht sonderlich eilig. Ausserdem entfernten sie sich mit jeder Minute weiter von ihren Häschern. Dressler und sein Gehilfe hatten keine Chance, dem Zug zu folgen; erst recht nicht, wenn er keinen Zwischenhalt mehr einlegte.

Somit konnte er in aller Ruhe die nächsten Schritte planen. Die Frage war, ob Mallmann bereit war, das Geld mit ihm zu teilen, oder ob er es vorzog, sich auf einen Kampf mit ihm einzulassen. Auf jeden Fall musste er auf der Hut sein, damit ihn sein ehemaliger Kamerad nicht übertölpelte.

Blieb noch das Problem eines fehlenden Fluchtfahrzeugs. Aber irgendwo würde schon eine Karre herumstehen, die man kapern konnte.

Im letzten Wagen freute sich Wolfgang Dressler darüber, dass er so geistesgegenwärtig gehandelt und den Zug noch rechtzeitig erreicht hatte. Den beiden Mistkerlen würde er zeigen, was es bedeutete, sich mit ihm anzulegen! Einer befand sich in greifbarer Nähe, und der andere konnte erfahrungsgemäss auch nicht weit sein. Vielleicht hatte er sich dem Zug von der anderen Seite genähert und sass nun sogar ebenfalls im Wagen vor ihm.

Jedenfalls sassen sie in der Falle – einer Falle, aus der es kein Entrinnen gab. Er hasste und verabscheute nichts so sehr wie Deserteure, und er würde sie zur Strecke bringen. Sie waren Abschaum. Wenn es nicht anders zu bewerkstelligen war, würde er sie einfach abknallen und behaupten, er habe in Notwehr gehandelt.

Leutnant Keller von der Geheimen Feldpolizei blickte von den vor ihm auf dem Schreibtisch liegenden Papieren auf, als sein Vorgesetzter nach einmaligem Anklopfen den Kopf zur Tür hereinsteckte.

«Ich gehe jetzt, Keller. Sie sollten ebenfalls Schluss machen und ein paar Stunden Schlaf tanken. Es ist alles in die Wege geleitet. Mehr können wir im Augenblick nicht tun.»

«Das werde ich, Herr Hauptmann. Ich will nur noch schnell den Bericht zu Ende lesen. Dann bin ich auch weg. Schlafen Sie gut.»

«Sie auch, Keller.»

Als der Hauptmann die Tür geschlossen hatte und seine Schritte verklungen waren, griff Leutnant Keller zum Telefon und wählte eine Nummer, die er nur in seinem Gedächtnis registriert hatte.

Sein Gesprächspartner hob bereits nach dem zweiten Klingeln ab. «Ja?», tönte es fragend aus dem Hörer.

«Ich bin es.»

«Ich höre.»

«Franck ist gerade gegangen. Er hat angeordnet, dass der Zug freie Fahrt bis zum Zielbahnhof des Subjekts hat.»

«Interessant», sagte der Mann am anderen Ende der Leitung nach einer Pause, die Keller als nachdenkliches Schweigen interpretierte. «Dann werden wir den Zug wohl mit etwas nachdrücklicheren Massnahmen stoppen müssen, als nur mit freundlichem Winken. Haben Sie sonst noch etwas?»

«Nein, das ist im Augenblick alles. Die Aussagen der vernommenen Personen habe ich Ihnen ja bereits durchgegeben.»

«Ja, damit beschäftigen wir uns gerade. Übrigens: Sie machen Ihre Sache sehr gut, Keller. Ihre Chancen für eine Übernahme stehen ausgezeichnet. Weiter so!»

Hoch erfreut legte der Leutnant den Hörer auf die Gabel. Obwohl er die Uniform der GFP trug, schlug sein Herz in Wahrheit für jene Organisation, in welcher sein geheimer Auftraggeber eine hohe Stellung bekleidete.

Die ruckartig aufgerissene Tür liess die Träume des übereifrigen Leutnants wie eine Seifenblase zerplatzen.

«Ich habe Ihnen doch gesagt, dass Sie Schluss machen sollen, Keller. Nun werde ich es für Sie tun. Gute Fahrt in die Hölle.»

Die Kugel aus der schallgedämpften Pistole von Hauptmann Franck traf seinen Untergebenen mitten ins Herz.

Der hochrangige SS-Offizier der Gestapo-Abteilung IV E (Abwehr) machte sich nicht die Mühe, den Hörer nach seinem Gespräch mit dem GFP-Leutnant aufzulegen, sondern drückte nur kurz die Gabel nieder und wählte eine Nummer, die er auswendig kannte.

«Obersturmführer Brennecke am Apparat», meldete sich eine für diese späte – oder besser frühe – Stunde erstaunlich wache Stimme. «Was kann ich für Sie tun?»

«Sie sollen den besagten Zug stoppen, Brennecke. Dem Vorzugspassagier wurde offenbar freie Fahrt bis zum Zielort zugesichert. Er darf dort nicht ankommen. Nehmen Sie ihn fest – aber vergessen Sie nicht, dass wir ihn unbedingt lebend brauchen!»

«Selbstverständlich. Gibt es weitere Einschränkungen, oder habe ich freie Hand?»

«Sorgen Sie unbedingt dafür, dass kein allzu grosser Schaden entsteht, wenn Sie den Stopp des Zuges erzwingen! Man könnte sonst versuchen, uns daraus einen Strick zu drehen. Ansonsten sind Sie frei in der Wahl Ihrer Mittel. Erstatten Sie mir nach Vollzug unverzüglich Meldung! Viel Erfolg, Brennecke!»

«Danke. Sie werden schon bald gute Nachrichten von mir hören, Sturmbannführer!»

14. Kapitel

Im Osten kündigte sich bereits der neue Tag an, als die beiden Kübelwagen auf den Feldweg einbogen und nach wenigen Metern direkt neben dem Gleis hielten. Aus ihnen stiegen fünf Männer, die entweder Zivilkleidung oder schwarze SS-Uniformen trugen, deren SD-Raute ihre Zugehörigkeit zum Sicherheitsdienst des Reichsführer-SS oder zur Sicherheitspolizei – in diesem Fall der Gestapo – verriet. Die beiden Fahrer blieben gemäss ihrem Befehl hinter dem Lenkrad sitzen.

Ungeduldig blickte SS-Obersturmführer Brennecke zur Strasse hinüber, wo endlich die Scheinwerfer des Lastwagens sichtbar wurden, der das Material für die notdürftige Barrikade transportierte. «Franzen, weisen Sie den Fahrer ein! Der Zug kann jeden Augenblick kommen!»

Während der Gestapobeamte in Zivil losspurtete, um den Befehl auszuführen, erteilte der Leiter des Überfallkommandos bereits den beiden Fahrern präzise Anweisungen, wie sie ihre Fahrzeuge zu platzieren hatten. Kurz darauf rollte auch der Lkw im Schritttempo die letzten Meter bis zu der wartenden Gruppe über den Kies und hielt mit quietschenden Bremsen an der ihm zugewiesenen Stelle.

«Abladen und zusammenbauen, schnell!», kommandierte Brennecke. «Beeilung, wir haben nur wenig Zeit! Wenn wir es nicht rechtzeitig schaffen und das Unternehmen vermasseln, macht uns Schellenberg die Hölle heiss! Das hier ist die perfekte Gelegenheit, den eingebildeten Canaris-Hampelmännern so richtig eins auszuwischen und ihnen zu beweisen, dass wir die bessere Abwehr sind!»

Im Licht der Fahrzeugscheinwerfer hämmerten und schraubten die Abwehrpolizisten mitten auf den Schienen Holzbalken und Bretter zusammen. Da die meisten von ihnen darin ungeübt waren, hörte man mehrmals wütende Schmerzensschreie und Flüche. Trotzdem machten sie unbeirrt weiter, bis es schliesslich vollbracht war. Die Barrikade stand. Der Zug konnte kommen.

Knapp zehn Minuten später war es so weit. Der Wind trug die Geräusche zu ihnen herüber. In der Ferne waren drei kleine Lichtpunkte zu erkennen, die grösser wurden, rasch näherkamen.

«Es geht los! Lichter einschalten!»

Aus zwei verschiedenen Richtungen wurde das Hindernis beleuchtet, damit der Lokführer es frühzeitig erkennen und entsprechend reagieren konnte. Soweit sich das aus dieser Entfernung und Perspektive beurteilen liess, tat er das aber nicht. Zumindest bis jetzt nicht.

«Der wird nicht langsamer!», rief einer der in Zivil gekleideten Beamten.

«Eher schneller!», stimmte ein uniformierter Kollege zu. «Da stimmt doch etwas nicht! Der hält nicht! Der fährt alles zu Klump!»

«Bringt euch in Sicherheit!», brüllte nun auch der Obersturmführer. «Weg mit den Fahrzeugen, schnell! Der fährt einfach durch und macht Kleinholz aus der Sperre! Gleich wird es hier Splitter hageln!»

Während die Fahrer der beiden Kübelwagen die Motoren aufheulen liessen, und das krachende Getriebe des

Lastwagens jedem Mechaniker die Tränen in die Augen getrieben hätte, spritzten die Fussgänger auseinander und rannten querfeldein von den Schienen weg.

«Das ist nicht unser Zug, das ist ein Rammbock!», rief Brennecke in plötzlicher Erkenntnis der Sachlage zornig.

Dann war der Blockadebrecher da. Mit unbändiger, roher Gewalt zerschmetterte er die Bretter und fegte alles, was dort nicht hingehörte, von den Schienen. Der ganze Spuk dauerte nur wenige Sekunden, dann war die Lokomotive mit dem Tender in der Dunkelheit verschwunden und der Lärm ebbte ab.

«Diese verfluchten Schweine!», tobte Brennecke. «Wir sind reingelegt worden! Mir ist erst ganz kurz vorher aufgefallen, dass der dritte, oberste Lichtpunkt in der Mitte einer zu viel war! Unser Zug fährt rückwärts, und selbst wenn sie inzwischen die Lok an die Spitze gebracht haben, tut er das immer noch! Und der Tender hat nur zwei Lichter! Jemand hat uns verraten!»

«Immerhin ist es Ihnen noch rechtzeitig aufgefallen, Obersturmführer. Sonst hätte das ganz übel für uns ausgehen können!»

Beifälliges Gemurmel war zu hören. Die Erleichterung, mit dem Schreck davongekommen zu sein, war gross.

«Da kommt noch einer!», rief plötzlich der Lastwagenfahrer und deutete mit dem ausgestreckten Arm in die Richtung, aus der gerade eben die Lokomotive ohne den wichtigen Passagier an ihnen vorbeigedonnert war.

Alle Köpfe ruckten herum. Tatsächlich waren wieder kleine Lichtpunkte auszumachen – diesmal nur zwei.

«Den Lkw auf die Schienen, schnell!», befahl der Obersturmführer dem Lastwagenfahrer geistesgegenwärtig. «Mit der Front in Richtung Zug und Fernlicht an! Tempo,

120

Tempo!»

Der Fahrer beeilte sich schon aus eigenem Interesse mit der Ausführung des Befehls. Die Räder des Lastwagens sprangen förmlich über die Schienen, als er ihn wie angeordnet auf dem Gleis positionierte. Mit einem Satz war er aus der Kabine und rannte ein ordentliches Stück weg.

Wie gebannt starrten die Männer auf die langsam grösser werdenden Punkte. Mit jeder Sekunde wuchs ihre Anspannung. Die Zeit schien sich endlos zu dehnen, bis der Zug endlich bei ihnen war.

«Ich glaube, der fährt gar nicht mehr!», rief Brennecke plötzlich. «Die haben sofort reagiert, als sie den Laster erkannt haben, und gestoppt!»

Das bedrohliche Pfeifen hinter ihnen liess alle entsetzt herumfahren. Jetzt kamen aus dieser Richtung zwei Lichtpunkte angebraust.

«Der Rammbock kommt zurück!» Die Stimme eines Gestapobeamten in Zivil überschlug sich vor Schreck.

Der SS-Obersturmführer spurtete zum Lastwagen und warf sich hinter das Steuer. Mit fliegenden Fingern startete er den Motor und lenkte das Fahrzeug wieder von den Schienen herunter und in sichere Entfernung. Dort blieb er einen Moment schwer atmend im Lkw sitzen und wischte sich mit dem rechten Uniformärmel die Schweissperlen von der Stirn.

Der Lärm des nur wenige Sekunden später erneut vorbeirasenden Blockadebrechers bereitete Brennecke beinahe körperliche Schmerzen. Langsam stieg er aus und gesellte sich zu seinen Männern, die laut fluchend der sich entfernenden Lokomotive nachblickten.

«Da steht ein Fahrzeug mitten auf dem Gleis!», unterbrach die Stimme des Lokführers Quint bei seinen Überlegungen über das weitere Vorgehen. «Darf ich anhalten, oder soll ich es wegpusten, Herr Zugführer?»

«Sofort stoppen!», befahl Quint nach einem kurzen Blick über den Tender hinweg von der anderen Seite des Führerstands.

Der Lokführer gehorchte trotz seines Sarkasmus augenblicklich und brachte den Zug innert kürzester Zeit zum Stehen.

«Das sieht nach einem Lkw aus», meldete sich der Heizer nach langer Zeit wieder zu Wort. «Anscheinend ist nicht allen bekannt, dass wir eigentlich freie Fahrt haben müssten.»

«Vielleicht halten sich auch einfach nur nicht alle daran», entgegnete Quint.

Während er noch seine Optionen gegeneinander abwog, bewegten sich die Scheinwerfer des Hindernisses zur Seite und gaben den Blick auf etwas weit Bedrohlicheres frei.

«Da hol mich doch … da ist noch einer unterwegs wie wir!», entfuhr es dem Lokführer. «Und er hat einen Affenzahn drauf!»

«Aber er hat das Hindernis beseitigt, das eindeutig für uns bestimmt war. Vielleicht ist er auf unserer Seite», gab Quint zu bedenken.

«Auf meiner ganz sicher nicht, wenn er nicht bald stoppt!», murrte der Lokomotivführer.

«Ich glaube, das tut er gerade. Ja, er scheint wirklich langsamer zu werden.»

Der Heizer sollte recht behalten. Die Lichter des entgegenkommenden Tenders deuteten darauf hin, dass die

Geschwindigkeit stetig abnahm und der andere Zug schliesslich ebenfalls ganz zum Stillstand kam. Seine Dampfpfeife erklang auf eine Weise, die nur als Signal gedeutet werden konnte, bevor er wieder in die entgegengesetzte Richtung langsam Fahrt aufnahm.

«Nachfahren, schnell!», befahl Quint. «Der räumt uns den Weg frei! Aber wir sollten nah genug an ihm dran sein!»

Der Lokführer schien diese Meinung zu teilen. Jedenfalls befolgte er die Anweisung unverzüglich und kommentarlos.

«Jetzt scheint er wieder angehalten zu haben», sagte einer der Gestapobeamten konsterniert. «Was hat der Mistkerl denn nun wieder vor?»

Das auffordernde Pfeifen der Lokomotive klang wie ein Signal zum Angriff. Eine Drohung, bei einem erneuten Versuch, sie zu stoppen, wieder alles und jeden rücksichtslos aus dem Weg zu räumen.

«Er kommt wieder!», rief der Lastwagenfahrer, der immer noch respektvoll Abstand zu den Schienen hielt. Gleich darauf ergänzte er: «Und dahinter der andere Zug!»

SS-Obersturmführer Brennecke reagierte sofort. «Einsteigen, schnell! Der Lkw zurück nach Hause! Eine Chance haben wir noch, aber es wird zeitlich verflucht knapp!»

Als die beiden Lokomotiven wenig später an den Fahrzeugen der Abwehrpolizisten vorbeizogen, sagte Brennecke im vordersten Wagen ruhig: «Na warte, Freundchen. Ich kann auch anders.»

15. Kapitel

Wolfgang Dressler wurde von der neuerlichen Abfahrt des Zuges buchstäblich auf dem falschen Fuss erwischt. Nach dem überraschenden Halt auf offener Strecke hatte er kurzentschlossen seinen Wagen verlassen und sich ein paar Meter davon entfernt, um einen möglichst guten Überblick zu haben. Immerhin war es denkbar, dass der Deserteur im Waggon vor ihm ebenfalls aktiv wurde. Da dies jedoch bisher nicht der Fall gewesen war, hatte der Feldgendarm die Initiative ergriffen und sich geduckt dem anderen Personenwagen genähert.

Jetzt stand er mit gezogener Pistole direkt davor, setzte den rechten Fuss auf das Trittbrett und streckte die freie Hand nach dem Türgriff aus. Das bedrohlich klingende Pfeifen der zweiten Lokomotive liess ihn zusammenzucken. Erschrocken riss er die Hand zurück, als ob er sie verbrannt hätte, und blickte in die Richtung, aus der das schauerliche Signal kam.

Im selben Moment wurde die Waggontür aufgestossen und traf Dressler so heftig an der Schulter, dass er das Gleichgewicht verlor und beinahe gestürzt wäre. Nur durch einen grossen Schritt rückwärts liess sich der Fall gerade noch vermeiden.

Als Fechner beim völlig unerwarteten Anblick des verhassten Feldgendarmen für einen Augenblick erstarrte, hatte sich Dressler bereits wieder gefangen. Mit einem Wutschrei stürzte er sich auf sein Opfer. Der überraschte Gefreite hatte keine Chance, dem wie ein wütender Stier gegen ihn anstürmenden Unteroffizier auszuweichen. Entsprechend hart prallten die Gegner aufeinander und gingen direkt hinter der Tür des Wagens zu Boden.

Erbittert kämpften die der gleichen Armee zugehörigen Soldaten im nun wieder Fahrt aufnehmenden Zug miteinander, und schnell war beiden klar, dass es nur einen Überlebenden geben würde.

Der erbarmungslose Kampf fand ein jähes Ende, als es dem Feldgendarmen nach mehreren erfolglosen Versuchen schliesslich doch gelang, Fechners verzweifelte Abwehrversuche durch einen raschen Ruck zunichte zu machen. Brüllend raste die Kugel aus dem Lauf seiner Pistole und traf den Gefreiten tödlich.

Keuchend erhob sich Dressler. Mit hasserfülltem Blick starrte er auf den bezwungenen Gegner hinunter. Einer weniger. Gut so! Wie er dieses Pack hasste! Vielleicht befand sich der andere ja tatsächlich auch in diesem Zug. Die beiden Strolche hatten auf ihn schon bei der ersten Kontrolle den Eindruck unzertrennlicher Freunde gemacht. Aber das war jetzt vorbei, und zwar endgültig.

Mit einem Gefühl grimmiger Zufriedenheit liess er sich auf der Sitzbank bei der Tür nieder, nachdem er diese geschlossen hatte. Zunächst einmal musste er sich von den Strapazen des Kampfes erholen. Ob man den Schuss im Führerstand der Lokomotive gehört und auch als solchen erkannt hatte, war von hier aus schwierig zu beurteilen. Sicherheitshalber musste er aber davon ausgehen und sich entsprechend vorsichtig verhalten. Falls sich der zweite Deserteur wie erhofft in einem der Güterwagen versteckt haben sollte, würde er ihn auch später noch kriegen. Solange der Zug fuhr, sass er dort fest.

Nur wenige Meter entfernt zuckte Thorsten Mallmann erschrocken zusammen, als er den Schuss hörte. Hatte Dressler Klaus erwischt und ihn einfach wie einen räudigen Hund abgeknallt? Das war dem miesen Schwein durchaus zuzutrauen! Falls ja, würde er dann das nächste Opfer des rücksichtslosen Feldgendarmen sein?

Einen Moment lang war er drauf und dran, einfach mit der Geldtasche aus dem wieder stetig schneller werdenden Zug zu springen. Doch sogleich verliess ihn der Mut wieder, als sein unheimlicher Reisegefährte sich leise räusperte. Was, wenn dieser ihm hinterhersprang und ihn abmurkste, während er mit gebrochenen Knochen wehrlos neben den Schienen lag?

«Sieht fast so aus, als ob Ihr Kamerad tatsächlich auch an Bord und mit seinem – und Ihrem – Jäger zusammengestossen ist, nicht wahr? Was glauben Sie, wer geschossen hat? Ihr Kumpel? Oder nicht doch eher der hartnäckige Feldgendarm, der Ihnen im Nacken sitzt? Denken Sie, dass Sie allein mit ihm fertig werden können?»

Es dauerte einige Sekunden, bis Mallmann leise antwortete: «Klaus hätte nicht geschossen, sondern zugeschlagen. Er war ein Mann der Fäuste, nicht der Schusswaffen. Es muss sich so zugetragen haben, wie Sie vermuten. Und nein, ich glaube nicht, dass ich diesem gemeinen Drecksschwein Dressler gewachsen bin. Wenn ich eine Chance haben will, einigermassen heil aus diesem Schlamassel herauszukommen, bin ich auf Ihre Hilfe angewiesen. Das ist es doch, was Sie hören wollten, nicht wahr?»

«Es bleibt also dabei: Sie helfen mir, ich helfe Ihnen.» Zimmermanns Stimme verriet keinerlei Triumph, sondern klang sachlich und ruhig, wenn auch bestimmt.

«Sind wir uns da einig?»

«Ja, abgemacht. Was bleibt mir denn anderes übrig? Ich kann nur darauf hoffen, dass Sie sich auch tatsächlich daran halten. Andernfalls kann ich ebenso gut gleich aus dem Zug springen und beten, dass ich damit das kleinere Übel gewählt habe», entgegnete der Unteroffizier bitter.

«Keine Sorge, das wird nicht nötig sein. Wir sollten jetzt keine Zeit mehr verlieren und sofort mit der Problembeseitigung beginnen. Wenn man den Schuss auf der Lok auch gehört hat, besteht die Gefahr, dass man sich bald mit der Ursache befassen wird – und damit wohl auch mit uns.»

«Was haben Sie vor?», fragte Mallmann mit etwas unsicherer Stimme.

«Ich werde in den beiden Personenwaggons nach dem Rechten sehen und uns das Problem Dressler vom Hals schaffen.»

«Und wie wollen Sie das anstellen? Doch nicht etwa auf den Wagen herumturnen.»

«Genau das.» Zimmermann klang sehr entschlossen.

«Aber das ist doch Wahnsinn! Sie werden sich dabei den Hals brechen.»

«Das könnte Ihnen doch nur recht sein. Aber dazu wird es nicht kommen. Machen Sie sich also keine falschen Hoffnungen.»

Die Geräusche, die aus der Dunkelheit an Mallmanns Ohr drangen, liessen darauf schliessen, dass sein neuer Partner das waghalsige Vorhaben tatsächlich sofort umzusetzen gedachte.

«Warten Sie!», rief der Unteroffizier plötzlich warnend. «Wir fahren gerade an ein paar Fahrzeugen vorbei!»

«Tatsächlich», brummte die Stimme des falschen Oberleutnants so nahe bei Mallmann, dass er erschrak. «Ob die etwas mit unserem Zug zu tun haben? Erstaunen würde es mich nicht.»

«Mich auch nicht», stimmte Mallmann deprimiert zu. «Irgendwie scheint sich alles um diesen verfluchten Zug zu drehen. Es kommt mir vor wie ein Alptraum, aus dem ich einfach nicht erwache; im Gegenteil, es wird immer nur noch schlimmer.»

«Sie sind nun weit genug weg. Ich gehe jetzt. Drücken Sie mir die Daumen; auch in Ihrem eigenen Interesse. Schliesslich ist dieser Dressler hinter Ihnen her, nicht hinter mir.»

Mallmann sah den Schatten vor dem helleren Hintergrund, als Zimmermann aus dem Wagen kletterte. Kurz darauf war er aus seinem Blickfeld verschwunden. Aber der Unteroffizier war sich nicht sicher, ob er darüber froh sein sollte oder nicht. Er kam sich vor wie in einem rollenden Gefängnis, wo ihn sein Zellengenosse vorübergehend verlassen hatte. Ob er wieder zurückkommen würde, war ungewiss.

Die an der Seitenwand des letzten Güterwagens hängende Gestalt, die sich Ulf Zimmermann nannte und die Uniform eines Oberleutnants des deutschen Heeres trug, zweifelte nicht im Geringsten daran, dass sie wieder in den Waggon zurückkehren würde, sobald der Feldgendarm unschädlich gemacht war. Es war beileibe nicht das erste Mal, dass der junge Mann auf fahrenden Zügen herumkletterte, und es gab keinen Grund, weshalb es jetzt zum letzten Mal sein sollte.

Das Überwinden der Distanz zwischen den beiden Eisenbahnwagen stellte keine besondere Herausforderung für ihn dar. Auch dass es in der Dunkelheit geschehen musste, war für ihn normal. Er war ein Meister seines Fachs.

Wenig später stand er auf dem Trittbrett des ersten Personenwagens und streckte die linke Hand nach dem Türgriff aus. Ganz vorsichtig öffnete er die Tür Zentimeter um Zentimeter, damit rechnend, dass jeden Augenblick ein Angriff aus dem Wageninnern auf ihn erfolgen konnte. Doch vorerst blieb alles ruhig. Nichts deutete darauf hin, dass sich jemand im Wagen aufhielt.

Die Attacke erfolgte aus einer unerwarteten Richtung. Zimmermann spürte das Projektil am Ärmel seines Waffenrocks zupfen, bevor der Knall in sein Bewusstsein drang. Sein Gegner hatte aus der hinteren Türe auf ihn geschossen und ihn nur knapp verfehlt! Und die Gefahr war noch keineswegs gebannt!

Blitzschnell riss der Offizier die halboffene Wagentür vollends auf, stiess sich mit beiden Beinen kraftvoll ab und warf sich auf den Holzboden. Die nächste Kugel sirrte wirkungslos hinter ihm durch die kühle Nachtluft, aber die dritte bohrte sich nur wenige Zentimeter neben seinem Kopf in eine Holzbank.

Reflexartig rollte sich Zimmermann zur Seite und fand Deckung hinter einer anderen Bank. Fieberhaft überlegte er, wie er heil aus diesem Hinterhalt entkommen konnte. Dass ihm dieser Semmler die Pistole abgenommen hatte, machte die ohnehin schon schwierige Aufgabe nicht einfacher.

«Feldgendarmerie! Geben Sie sich zu erkennen und kommen Sie mit erhobenen Händen hervor!», dröhnte Dresslers befehlsgewohnte Stimme in diesem Moment durch den Wagen.

Zimmermann dachte nicht im Traum daran, der Aufforderung Folge zu leisten. Er hielt es zwar für möglich, ja sogar wahrscheinlich, dass der Feldgendarm seinen Irrtum erkannt hatte. Aber nach allem, was er während der Zugfahrt über diesen Dressler gehört und selbst erlebt hatte, gab es keine Garantie dafür, dass der Mistkerl es ehrlich meinte, bloss weil er anstelle des erwarteten Deserteurs nun einen Oberleutnant vor sich zu haben glaubte.

«Woher soll ich wissen, dass Sie die Wahrheit sagen?», rief er zurück, um Zeit zu gewinnen.

«Weil ich als Unteroffizier der Feldgendarmerie Recht und Ordnung in der Wehrmacht repräsentiere – und auch konsequent durchsetze!»

Während Dressler sprach, wagte Zimmermann einen kurzen Blick um die Ecke. Vom Unteroffizier war nichts zu sehen, dafür aber etwas anderes: Eine Armlänge von ihm entfernt lag ein lebloser Körper auf dem Boden, der grösstenteils von einer Sitzbank verdeckt wurde. Das Holster des Toten war geschlossen, was darauf hindeutete, dass sich die Pistole ziemlich sicher noch darin befand.

«Indem Sie auch gleich Scharfrichter und Henker spielen und Ihre eigenen Urteile sofort eigenhändig vollstrecken? Oder wie wollen Sie mir den Toten sonst erklären?» Noch während er sprach, streckte der falsche Oberleutnant beide Hände nach dem Holster aus und öffnete es vorsichtig.

«Ein mieser Verräter, der desertiert ist und sich der Festnahme widersetzt hat, indem er mich angegriffen und zu töten versucht hat! Abschaum, der ausgemerzt gehört!»

Langsam zog Zimmermann die Pistole des Toten aus dem Holster. «Das kann jeder behaupten. Wie soll ich wissen, dass es nicht genau umgekehrt ist, und statt des Gejagten der Jäger tot auf dem Boden liegt?»

Noch bevor Dressler antwortete, sprang er auf und rannte geduckt zur Tür, durch die er den Wagen betreten hatte. Die beiden Schüsse des Unteroffiziers liessen das Fensterglas neben ihm klirrend zerspringen, richteten jedoch sonst keinen Schaden an.

Da die Zeit für einen Wechsel in den Güterwagen nicht reichen würde, weil ihn Dressler dabei wie auf einem Schiessstand abknallen konnte, steckte Zimmermann die erbeutete Waffe in die rechte Tasche seines Uniformrocks und kletterte um die Ecke des Personenwaggons, indem er auf den Puffer stand. Der Zug fuhr jetzt wieder mit Volldampf, und der Fahrtwind war entsprechend stark. Aber da er ein routinierter Wagenkletterer war, machte ihm das nicht viel aus. Der schiesswütige Militärpolizist bereitete ihm weit mehr Kummer.

In höchster Anspannung wartete er auf einen Angriff Dresslers – auf einen langsam um die Ecke geschobenen Pistolenlauf, eine vorsichtig tastende Hand oder etwas in dieser Art. Doch nichts dergleichen geschah. Der Jäger schien geduldig auf seine Chance zu warten.

Ein kurzer Blick auf die unter ihm zwischen den Puffern vorbeirasenden Eisenbahnschwellen und die Schraubenkupplung, mit der die beiden Wagen miteinander verbunden waren, brachte ihn auf eine neue Lösung seines Problems: Er würde versuchen, die beiden hintersten Wagen abzuhängen und damit den Verfolger Dressler buchstäblich stehenzulassen.

Doch vorher musste er nochmals einen vorsichtigen

Blick um die Wagenecke riskieren, damit ihn Dressler nicht hinterrücks abknallte, während er die Kupplung löste. Mit einem schnellen Ruck bewegte er den Kopf ein paar Zentimeter über die Wandkante hinaus und zog ihn sofort wieder zurück. Von Dressler hatte er nichts gesehen, und es pfiffen auch keine Kugeln an ihm vorbei. Aber sein Vorhaben war auch so riskant genug. Trotzdem wollte er den Versuch wagen.

Vorsichtig wechselte er vom Puffer des Personenwagens auf den direkt gegenüberliegenden des Güterwaggons – und wusste nicht mehr so recht, wie es jetzt weitergehen sollte. Mit dem anderen Fuss auf die Kupplung zu stehen, erschien ihm dann doch etwas gar gewagt. Das Hauptproblem bestand darin, dass er sich nirgends richtig festhalten konnte, sobald er die Ecke des Wagens loslassen musste. Irgendwie sass er hier fest.

Etwas ratlos stand er da und wog seine Chancen ab, ohne Schusswunde ins Innere des Wagens zu gelangen, an dessen Rückwand er mit dem Puffer unter den Füssen lehnte. Sie tendierten gegen Null, wenn der Feldgendarm noch immer dazu neigte, auf jeden Träger einer Wehrmachtsuniform ohne Fragen zu stellen sofort das Feuer zu eröffnen.

Irgendetwas veranlasste ihn, den Kopf zu drehen und den Blick zu heben. Als er die langsam über der Dachkante des Personenwagens erscheinenden Umrisse einer sich schwarz vor dem inzwischen deutlich heller gewordenen Himmel abzeichnenden menschlichen Gestalt erblickte, erstarrte er.

16. Kapitel

«Wie es aussieht, hat unser Empfangskomitee die Zelte abgebrochen», bemerkte Quint trocken, als sie den Lkw und die beiden Kübelwagen überholten und schnell hinter sich liessen. «Aber ich glaube nicht, dass es das schon gewesen ist und die Strolche es bei diesem Versuch belassen werden.»

«Das müssen Sie ja am besten beurteilen können», giftete der Lokführer. «Schliesslich sind Sie der Grund für die ganzen Scherereien!»

Ohne auf die Vorwürfe des Eisenbahners einzugehen, fragte Quint: «Gibt es für die Wegelagerer eine Möglichkeit, uns nochmals eine Falle zu stellen? Einen Schleichweg, auf dem sie uns unbemerkt überholen und erneut auflauern könnten?»

Es dauerte einige Sekunden, bis sich der Lokomotivführer zu dieser Frage äusserte. Als er es schliesslich tat, klang er sehr nachdenklich. «Ja, so eine Abkürzung gibt es tatsächlich. Allerdings ist es ziemlich gefährlich, sie bei Dunkelheit zu benützen, da sie sehr schmal und ziemlich unwegsam ist. Der kleinste Fehler könnte dazu führen, dass ein Fahrzeug über die Kante des steilen Abhangs hinaus gerät und sich überschlägt. Ich würde es jedenfalls nicht riskieren.»

«Dann müssen wir also davon ausgehen, dass sie es nochmals versuchen werden, sofern ihnen diese Abkürzung ebenfalls bekannt ist und sie das Wagnis eingehen, sie zu benützen.»

«Der Laster ganz sicher nicht. Der schafft es auf gar keinen Fall. Aber mit den beiden Kübelwagen könnten sie es hinkriegen. Leider!»

Kurze Zeit später hob Quint lauschend den Kopf.

«War das ein Schuss?», fragte der Heizer, der es ebenfalls gehört hatte. In seiner Stimme klang unverkennbar Furcht mit.

«Auf jeden Fall hat es stark danach geklungen.»

«Schon wieder! Da schiesst jemand im hinteren Teil des Zuges!»

«Lumpenpack, elendes!», rief der Lokführer zornig aus. «Seit Sie zugestiegen sind, scheinen wir das Gesindel regelrecht anzuziehen! Wie ein verendetes Tier die Fliegen! Und das auf meinem Zug!»

«Trauen Sie sich zu, die Wagen während der Fahrt abzuhängen?», fragte Quint den Heizer unvermittelt, ohne auf die zweideutige Aussage des Lokführers zu reagieren.

«Was?» Der kräftige Mann sah Quint mit offenem Mund schockiert an.

«Sie haben schon richtig verstanden. Dadurch können wir zwei Fliegen mit einer Klappe schlagen. Mindestens», fügte er mit einem warnenden Blick auf den Lokführer hinzu, der daraufhin die Lippen fest zusammenpresste und den Kopf abwandte. «Einerseits werden wir so die unerwünschten Passagiere los, die Ihnen offensichtlich genauso ein Dorn im Auge sind wie mir. Und wir werden leichter und somit schneller, was wiederum unsere Chancen erhöht, vor dem motorisierten Empfangskommando von eben an der kritischen Stelle zu sein, an der man uns sonst vermutlich wieder auflauern wird.»

«Aber das ist viel zu gefährlich!», stiess der Heizer erregt hervor. «Schon das Herumklettern auf der Lok bei voller Fahrt wäre Wahnsinn! Und dann noch die Wagen abkoppeln? Unmöglich! Ganz ausgeschlossen!»

«Na schön, dann muss ich es eben selbst machen. Aber kommen Sie bloss nicht auf dumme Gedanken, während ich weg bin! Ich kann sehr nachtragend sein! Drücken Sie mir lieber die Daumen, dass ich es schaffe, damit Sie später nicht unseren Freunden auf dem Rammbock vor uns erklären müssen, was passiert ist. Die würden es Ihnen sehr übel nehmen, wenn mir etwas zustossen sollte, weil Sie nicht pariert haben. Habe ich mich deutlich genug ausgedrückt?»

Der Heizer nickte stumm, während der Lokführer stur und mit mahlenden Backenknochen geradeaus auf die Lichter des Tenders der vor ihnen fahrenden Lokomotive starrte. Quint war sich sicher, dass auch er verstanden hatte.

Ohne ein weiteres Wort zu verlieren, hängte Quint seine Mütze an eine Armatur und stieg rückwärts die obersten beiden Stufen auf der linken Führerstandseite der rückwärtsfahrenden Lokomotive hinab. Sich an der unterhalb des halb geöffneten Fensters horizontal verlaufenden Haltestange festhaltend, setzte er zunächst den linken, dann auch den rechten Fuss auf den unteren Steg der Lok und tastete sich seitwärts bis zum vorderen Ende des Führerstands vor.

Während seine ausgestreckte linke Hand nach einem neuen Halt suchte, glaubte er für einen Moment, der Fahrtwind würde ihn vom Zug reissen. Doch schliesslich kriegte er den Griff zu fassen und stieg die beiden Stufen zur parallel zum Kessel verlaufenden Plattform hinauf.

Hier gab es genügend Stangen und Leitungen, an denen man sich festhalten konnte, doch er verbrannte sich mehr als einmal die Finger, bis er es endlich zum Windleitblech geschafft hatte. Da es jedoch ein aufrechtes Weiterkommen verunmöglichte, musste er sich nun geduckt, kriechend, rutschend und kletternd weiter vorarbeiten, bis er endlich auf einer vergleichsweise komfortablen Fläche zwischen zwei Scheinwerfern und den beiden Puffern direkt über dem Zughaken sass. Erfreulicherweise war es hier zwischen Lok und Wagen auch windgeschützt, was ihm die Arbeit erheblich vereinfachte.

Sich mit der einen Hand am Bügel des linken Scheinwerfers festhaltend, beugte sich Quint vorsichtig vor und griff mit der freien Rechten nach dem Schwengel der Schraubenkupplung. Langsam begann er, die Spindel zu drehen, um die Distanz zwischen den beiden Muttern zu vergrössern, was aufgrund des hier abschüssigen Streckenabschnitts nicht weiter schwierig, jedoch aus dieser Position etwas mühsam war.

Als der Abstand zwischen Bügel und Lasche gross genug war, liess Quint den Schwengel los und griff dicht hinter dem Zughaken nach dem Bügel, um ihn anzuheben und auszuhängen. Da ihm dafür nur eine Hand zur Verfügung stand, klappte es beim ersten Versuch noch nicht ganz. Das sollte ungeahnte Folgen für den weiteren Verlauf seiner Geheimmission haben. Aber das konnte er zu diesem Zeitpunkt noch nicht ahnen.

Vollkommen reglos stand Zimmermann da, den Blick wie hypnotisiert auf die bedrohlich über ihm aufragende hünenhafte Gestalt gerichtet. Dressler! Der Kerl war noch gefährlicher, als er geglaubt hatte!

Seine Gedanken rasten. Hatte ihn der skrupellose Feldgendarm schon entdeckt und die Waffe auf ihn gerichtet? Würde er gleich in das Mündungsfeuer blicken, aus dem die tödliche Kugel auf ihn zurasen und seinem Leben ein Ende setzen sollte?

Die aus dem Pistolenlauf schiessende Stichflamme blendete ihn. Reflexartig schloss er die Augen. Der peitschende Knall drang an seine Ohren. Aber er fühlte nichts, war nicht getroffen. Aus dem Wageninnern hinter ihm ertönte ein lauter Schmerzensschrei. Der Deserteur. Die Kugel musste von schräg oben durch die Rückwand gedrungen sein und seinen neuen Partner auf Zeit getroffen haben. Doch er selbst lebte und war unverwundet, und das allein zählte!

Als er die Augen öffnete, war Dressler verschwunden. Das Geräusch, das er im selben Moment wahrnahm, verriet ihm, dass der Schütze auf das Dach des Güterwagens gesprungen war – und sich jetzt hinter ihm befand. Hier konnte er nicht bleiben!

Eilig wechselte Zimmermann wieder auf den Puffer des Personenwagens hinüber und blickte zum Dachrand des Güterwaggons hinauf. Ausser dem grauen Himmel war nichts zu sehen. Was hatte Dressler vor? Egal, was es war: Er musste ihm zuvorkommen, wenn er überleben wollte!

Entschlossen schickte er sich an, ebenfalls auf das Wagendach zu klettern. Er wollte sehen, wo Dressler sich gerade aufhielt und was er tat. Vorsichtig riskierte er einen kurzen Blick über die Dachkante und zog den Kopf sofort wieder zurück. Er hatte den Unteroffizier nicht gesehen. Auf den beiden nächsten Waggons konnte er nicht sein. Also vermutlich schon weiter vorne.

Er riskierte einen zweiten Blick und sah sich in seiner Vermutung bestätigt. Dressler befand sich nun bereits in der vorderen Hälfte des Zuges. Offenbar war sein Ziel die Lokomotive. Und dorthin musste er selbst früher oder später auch. Warum also nicht gleich?

Thorsten Mallmann hörte jemanden über das Wagendach eilen. Das musste der Schütze sein, der ihm durch die Holzwand, an der er sich schon seit der Abfahrt des Zuges anlehnte, eine Kugel in den Rücken gejagt hatte. Er spürte, wie ihm das warme Blut unter der Uniform über die Haut lief, aber er konnte nichts dagegen tun.

Was er nicht mehr spürte, waren seine Beine. Sie waren gefühllos. Überhaupt verspürte er seltsamerweise keine Schmerzen. Der Schuss, ja, der war schmerzhaft gewesen. Wie ein Schlag mit einer Eisenstange, mitten auf die Wirbelsäule, so hatte es sich angefühlt. Doch danach nicht mehr. Nicht einmal die Wunde, aus der unaufhörlich das Blut lief, tat weh. Alles schien wie betäubt.

Seine Gedanken wanderten zurück, zu den Stunden davor. Zum verunfallten Wagen mit der Geldtasche; zur verhängnisvollen Auseinandersetzung mit Kemmerich; zur Flucht vor den beiden Feldgendarmen, und dann zu seiner wahnwitzigen Idee, den Zug mit dem Geld durch ein Feuer zu stoppen, die beinahe zu einer Katastrophe geführt hatte und die er zutiefst bereute.

Klaus. Wo war Klaus? Wahrscheinlich lag er tot in einem der beiden Personenwagen hinter ihm. Sein Freund.

Er war müde und erschöpft, wollte nur noch schlafen. Selbst seine Gedanken schienen jetzt betäubt zu sein. Sie entglitten ihm. Er würde nie mehr aufwachen.

17. Kapitel

«Hände weg von der Kupplung, sonst kracht's!», brüllte eine herrische Stimme über Quint.

Sein Kopf ruckte hoch, und beim Anblick der auf ihn gerichteten Waffe wurde ihm schmerzlich bewusst, dass er zu spät gehandelt hatte. Nicht viel, aber eben leider trotzdem zu spät.

«Wird's bald?! Sofort loslassen, oder ich verpasse dir ein drittes Auge, Gestapo-Schwein!»

«Wieso Gestapo? Ich bin vom Ausland-SD, Sie Komiker! Und wer oder was sind Sie, dass Sie es wagen, mich mit einer Waffe zu bedrohen?»

«Unteroffizier Wolfgang Dressler, Feldgendarmerie! So, und nun streck die Arme in den Himmel, SD-Spitzel!»

«Aha, ein Unteroffizier bedroht einen Offizier mit der Waffe! Noch dazu ein Feldgendarm, der eigentlich für Recht und Ordnung bei der Truppe sorgen sollte! Ist Ihnen eigentlich bewusst, dass Sie mich gerade daran hindern, einen Saboteur unschädlich zu machen, der vor wenigen Stunden zwei Eisenbahnwagen voll Munition in die Luft gejagt hat – und beinahe mehrere Soldaten gleich mit? Wo waren Sie da, Unteroffizier Dressler?»

«Auf der Jagd nach den beiden desertierten Schweinen, die mit diesem Zug fliehen wollten – und zwar erfolgreich! Einen habe ich bereits zur Strecke gebracht, und den anderen kriege ich auch noch!»

«Wenn Sie noch lange dort oben knien und mich an

meiner Arbeit hindern, bestimmt nicht. Also nehmen Sie die Knarre runter und kommen Sie herüber, damit ich endlich die Wagen abhängen kann, bevor wir in den nächsten Hinterhalt geraten. Einer hat mir gereicht.»

«Hinterhalt? Was für ein Hinterhalt? Und von wem?»

«Von der Bande, die Sie so mögen – Gestapo.»

«Was? Wenn du glaubst, mich mit solchen Schauermärchen zum Narren halten zu können, dann täuschst du dich aber ganz gewaltig! Entweder du nimmst jetzt augenblicklich die Hand von der Kupplung, oder ich knalle dich ab wie einen tollwütigen Köter!»

Quint war sich sicher, dass der Feldgendarm seine Drohung wahrmachen würde, und gehorchte. Ganz vorsichtig liess er den Bügel los und zog langsam die Hand zurück. Um keine Missverständnisse aufkommen zu lassen, umfasste er auch den Bügel des rechten Scheinwerfers, so dass seine Hand weit vom Pistolenholster entfernt war.

«Na also, es geht doch! Und nun löst du mit der linken Hand ganz behutsam den Gurt und lässt ihn mitsamt Holster vor dir zwischen die Schienen fallen! Solltest du dabei auf dumme Gedanken kommen, landest du selbst genau dort, wo deine Waffe hin soll, klar?»

Dressler hatte den letzten Satz kaum vollendet, da bremste der Zug stark ab. Durch die plötzliche Verzögerung verlor der Unteroffizier das Gleichgewicht und stürzte kopfvoran vom Dach des Güterwagens. Hart prallte er gegen die Rauchkammertür der Lokomotive und fiel auf Quint, der sich noch immer an den beiden Scheinwerferbügeln festhielt und mit dem Kreuz gegen die Kante eines geriffelten Trittblechs gedrückt wurde.

In panischer Angst klammerte sich Dressler wie ein Ertrinkender an Quint fest und zog und zerrte an ihm. Der Agent hatte Mühe, sich der unkontrollierten Attacken des kräftigen Unteroffiziers zu erwehren, da er sich selbst festhalten musste. Schliesslich wusste er sich nicht mehr anders zu helfen, als den rechten Scheinwerfer loszulassen und Dressler den Ellbogen ins Gesicht zu schmettern.

Mit einem wütenden Schmerzensschrei schlang der Feldgendarm einen Arm um Quints Hals und versuchte, ihm die Luft abzuschnüren. Sein Klammergriff wurde immer fester, und Quint kriegte kaum noch Luft.

In einem Anflug von kalter Wut knallte Quint Dressler mehrmals hintereinander die Faust ins Gesicht. Der Würgegriff um seinen Hals lockerte sich etwas, und er bekam wieder mehr Luft.

Mit aller Kraft, die er aufzubringen imstande war, rammte Quint dem neben ihm knienden Unteroffizier den Kopf in den Bauch und schlug ihm gleichzeitig die Faust gegen die Brust. Durch die Wucht des ungestümen Angriffs wurde Dressler nach hinten geschleudert und verlor das Gleichgewicht. Mit einem gellenden Angstschrei stürzte er seitlich vom Zug.

Erschöpft und erleichtert zugleich sass Quint da und sog gierig die kühle, frische Luft des anbrechenden Tages in seine Lungen. Dann beugte er sich wieder vor, um endlich sein Vorhaben in die Tat umzusetzen. Mit einer raschen Bewegung hob er den Bügel über den Zughaken der Lokomotive und liess ihn über die Aussenseite des Hakens nach unten gleiten. Es war vollbracht. Sobald der Zug nicht mehr auf abschüssigem Terrain unterwegs sein würde, waren sie die Wagen und damit alle unerwünschten Passagiere ein für alle Mal los.

Während er zum Führerstand zurückkletterte, merkte

er, dass sie wieder schneller wurden. Als er den Blick hob, erkannte er hinter der Scheibe das besorgt wirkende Gesicht des Heizers.

«Das hat ja ewig gedauert», empfing ihn der Lokführer murrend, als er wieder in die windgeschützte, angenehme Wärme des Führerstands trat und sich die Mütze aufsetzte. «Dafür, dass Sie schneller als das Lumpengesindel in den beiden Kübelwagen sein wollen, haben Sie sich ja ganz schön Zeit gelassen! Und das Tempo drosseln musste ich auch noch, damit der Kerl auf dem Wagendach die Sache nicht noch mehr in die Länge gezogen hat!»

«Dann geben Sie Ihrem Feuerross die Sporen, statt hier Vorträge zu halten, Cowboy, sonst werden wir die Wagen nie los», erwiderte Quint mit einem schwachen Grinsen. Und mit wieder todernstem Gesicht fügte er hinzu: «Danke. Das haben Sie gut gemacht.»

«Bedanken Sie sich bei ihm», wehrte der Lokführer mit einem Nicken in Richtung des Heizers knurrend ab, wobei es ihm jedoch nicht ganz gelang, seine Freude über Quints Lob zu verbergen.

«Den habe ich ja gemeint», brummte Quint, wohl wissend, dass sowohl dem Lokführer als auch dem Heizer bewusst war, dass sein Dank beiden galt.

«Es ist gleich so weit», liess sich der Lokführer wenig später vernehmen. «Ab dort vorn verläuft die Strecke wieder praktisch eben, bevor sie etwas später sogar leicht ansteigt.»

Tatsächlich blieben die Wagen kurz darauf hinter der nun von ihrer Last befreiten Lokomotive zurück. Erleichtert atmete Quint auf. Zumindest das war geschafft.

Mit vor Schmerzen tränenden Augen sass Zimmermann dort, wo Quint vor wenigen Minuten noch erbittert mit Wolfgang Dressler gekämpft hatte, und rang nach Atem. Bei seinem verzweifelten Sprung vom vordersten Wagen auf die Lokomotive war er mit dem linken Schienbein gegen die Kante des geriffelten Trittblechs geknallt, die schon Quint in seinem Kreuz als nicht besonders angenehm empfunden hatte. Ausserdem blutete die Platzwunde an seiner Stirn, die er einem Zusammenstoss mit dem Kesseldeckel verdankte, so stark, dass ihm ständig Blut ins linke Auge lief.

Praktisch im letzten Moment hatte er es gerade noch geschafft, seine Reise als blinder Passagier zu verlängern. Allerdings wusste er nicht, ob man im Führerstand seinen Platzwechsel bemerkt hatte oder nicht. Er musste also auf der Hut sein, damit es ihm nicht gleich erging wie dem miesen Feldgendarmen, und damit rechnen, dass man sich möglicherweise mit ihm befassen würde.

Der erbarmungslose Kampf zwischen Dressler und diesem merkwürdigen Hauptsturmführer Semmler, den er bäuchlings auf dem Waggondach liegend heimlich beobachtet hatte, beschäftigte ihn. Ganz offensichtlich hatte er den SD-Offizier unterschätzt. Ein gefährlicher Fehler, wie er ihm nur äusserst selten passierte, und den man sich nicht oft leisten konnte. Eigentlich überhaupt nie.

Umso wichtiger war es, dass er sich hier ausserhalb des vom Führerstand der Lok einzusehenden Bereichs erholen und sich einen Plan für sein weiteres Vorgehen zurechtlegen konnte. Auf einen Faustkampf mit Semmler konnte er sich in seiner momentanen Verfassung nicht einlassen, zumal ihm der Schädel brummte und die stechenden Kopfschmerzen von Minute zu Minute stärker wurden. Vermutlich hatte er sich eine Gehirnerschütterung zugezogen.

Immerhin konnte ihm jetzt ausser den Männern im Führerstand niemand mehr gefährlich werden. Und so schlecht war dieser Platz hier eigentlich gar nicht, wenn man einmal von der harten Unterlage absah. Auf jeden Fall bedeutend besser, als bei voller Fahrt auf den Wagendächern oder zwischen den Waggons herumzuklettern.

Ungläubig betastete Wolfgang Dressler seinen robusten Körper. Obwohl die Berührungen an vielen Stellen sehr schmerzhaft waren und ihn zusammenzucken liessen, gelangte er schliesslich zur Erkenntnis, dass seine Knochen trotz der harten Landung alle heil geblieben waren. Und das war die Hauptsache. Schmerzen konnte man ertragen, indem man sie zu ignorieren versuchte. Aber mit gebrochenen Knochen war man seinen Gegnern praktisch hilflos ausgeliefert.

Doch das war noch nicht alles: Immer deutlicher vernahm er das stetig lauter werdende Brummen, das nur von einem schnell näherkommenden Fahrzeug herrühren konnte. Oder von mehreren, wenn man ganz genau hinhörte.

Schnell sah er sich nach allen Seiten um. Dort drüben! Zwei Fahrzeuge. Und sie kamen in seine Richtung. Die Strasse verlief mehr oder weniger parallel zu den Schienen. Aber er musste sich beeilen, wenn er sie rechtzeitig erreichen wollte!

Ohne auf die Schmerzen zu achten, spurtete er über das nasse Gras und stellte sich mit beiden Armen wild winkend mitten auf die Strasse. Der vordere Wagen musste scharf bremsen, um eine Kollision mit dem Unteroffizier zu verhindern.

«Bist du Lebensmüde, du Hornochse?», schrie der Beifahrer, der aus dem Fahrzeug gesprungen war, wütend. «Um ein Haar hätten wir dich erwischt! Mach den Weg frei, wir haben es eilig!»

«Feldgendarmerie! Nehmt mich mit, ich bin hinter einem Deserteur und anderem Gesindel her!», rief Dressler, während er sich den linken Unterarm vor die Augen hielt, um sie vor dem grellen Scheinwerferlicht zu schützen.

«Wir haben keine Zeit! Wir müssen einen Zug einholen und stoppen! Aus dem Weg!» SS-Obersturmführer Brennecke sass schon fast wieder im Fahrzeug. Doch als er Dresslers nächste Worte vernahm, hielt er mitten in der Bewegung inne.

«Davon rede ich ja die ganze Zeit, Armleuchter! Ich war auf dem Zug, bis mich dieser ominöse SD-Führer angegriffen und von der Lok gestossen hat!»

Der überraschte Abwehrpolizist reagierte schnell. «Franzen, steigen Sie aus und fahren sie mit den anderen!», rief er in den Wagen. Noch bevor der Zivilbeamte, dem der Befehl galt, die rechte hintere Tür aufstiess, wandte er sich wieder an Dressler: «Einsteigen, schnell! Jede Sekunde zählt jetzt!»

18. Kapitel

Wolfgang Dressler, der alles, was auch nur im Entferntesten nach Gestapo oder SD aussah, auf den Tod nicht ausstehen konnte, fühlte sich sehr unbehaglich in der Gesellschaft genau jener Sorte Polizeibeamter. Die schreckliche Erkenntnis, es mit Schergen Himmlers zu tun zu haben, war für den eifrigen Militärpolizisten wie ein Schlag in die Magengrube gewesen.

Was den Unteroffizier jedoch am meisten fuchste, war die unverfrorene, ja fast schon herablassende Art und Weise, mit der ihn der direkt vor ihm sitzende SS-Führer behandelte.

«Berichten Sie, was Sie über den SD-Offizier wissen!», wies ihn Brennecke an. «Aber knapp und präzise; wir haben nicht mehr viel Zeit!»

«Eigentlich nur, dass man ihm freie Fahrt zugesichert hat, und dass seine Anweisungen vom Lokführer zu befolgen sind.»

«Von wem wurde ihm freie Fahrt zugesichert?»

«Der Beamte auf dem Bahnhof sagte etwas von Gestapo, GFP und Abwehr.»

«Was für ein Beamter? Nun lassen Sie sich doch nicht jedes Wort aus der Nase ziehen! Ich habe knapp gesagt, nicht einsilbig! Also?»

«Ein Kollege von Ihnen! Eigentlich sollten Sie ja Bescheid wissen, wo Sie doch zum selben Verein gehören! Besonders gut scheint der Informationsfluss bei Ihnen nicht gerade zu funktionieren!» Dresslers Unbehagen hatte inzwischen in Ärger umgeschlagen.

«Ein Gestapobeamter? Sind Sie sich da ganz sicher?», hakte der Obersturmführer nach, ohne auf die Anspielung des Unteroffiziers einzugehen.

«Jedenfalls hat er sich als solcher ausgewiesen. Freiwillig würde das wohl kaum jemand tun, der etwas auf seinen Ruf hält!»

«Dann wissen Sie also seinen Namen. Wie heisst er?»

«Keine Ahnung. Das interessiert mich doch nicht.»

Brennecke fuhr auf dem Beifahrersitz herum. «Wie, das wissen Sie nicht?», fragte er ungläubig. «Haben Sie sich denn seinen Ausweis nicht genau angesehen?»

«Nein. Wozu auch? Ich bin hinter Deserteuren her, nicht hinter Gestapobeamten. Darüber sollten Sie eigentlich froh sein!»

«Und Sie wollen Feldgendarm sein?!», rief Brennecke mit einer Mischung aus Ungläubigkeit und Verachtung aus. «War wenigstens seine Dienstmarke echt?»

«Natürlich war sie echt!», schnaubte Dressler wütend. «Wie reden Sie eigentlich mit mir?»

«So, wie es mir passt und wie Sie es verdient haben! Wissen Sie wenigstens, ob der Mann Zivil oder Uniform getragen hat?»

«Zivil», knurrte Dressler.

«Und was hatten Sie zu diesem Zeitpunkt auf dem Bahnhof verloren? Sind Sie dort in den Zug gestiegen? Oder sassen Sie da bereits drin?»

«Das geht Sie einen feuchten Dreck an!», schrie Dressler zornig. «Sie sind nicht mein Vorgesetzter, *Herr Obersturmführer*, merken Sie sich das gefälligst! Ich bin Unteroffizier der Wehrmacht und kein Gestapo-Spitzel! Haben Sie das verstanden?»

«Hüten Sie Ihre Zunge, Kettenhund, oder mein neben Ihnen sitzender Kollege schmeisst Sie bei fahrendem Wagen zur Tür raus! Nicht wahr, Lange? Viel angenehmer als der Sturz von einem Zug ist das bei diesem Tempo auch nicht, glauben Sie mir! Eigentlich sollte Ihnen das eine Lehre gewesen sein!»

Genau in diesem Moment drosselte der Fahrer die Geschwindigkeit und bog nach links auf einen schmalen Weg ein.

«Passen Sie auf, dass wir uns auf dem Geröll keinen Plattfuss einhandeln! Für einen Radwechsel reicht die Zeit nicht», mahnte Brennecke den stumm nickenden Mann.

«Ich weiss immer noch nicht, wieso Sie auf diesem Zug waren», führte er anschliessend das Verhör des Feldgendarmen fort. «Hatte das etwas mit der von Ihnen erwähnten Jagd auf Deserteure zu tun?»

«Warum sonst? Oder denken Sie etwa, dass ich zum Vergnügen eine kleine Spazierfahrt gemacht habe? So wie jetzt gerade?» Der Spott in Dresslers Stimme war unüberhörbar.

«Dann fahren auf dem Zug also Deserteure mit, denen Sie dicht auf den Fersen waren, bis der SD-Führer sie runtergeschmissen hat?»

«Nur noch einer – wenn überhaupt. Den anderen habe ich erledigt! Na ja, mitfahren tut er trotzdem noch, aber er spürt es nicht mehr und richtet keinen Schaden mehr an. Das ist die Hauptsache.»

«Sie haben ihn also getötet? Einfach abgeknallt?», fragte Brennecke ungläubig.

«Das Schwein hat sich der Festnahme widersetzt und mich angegriffen! Es war ein Kampf auf Leben und Tod!

Ich hatte keine andere Wahl!», rechtfertigte sich der Feldgendarm aufgebracht.

«Wie ich Sie einschätze, gibt es dafür bestimmt keine Zeugen», stellte Brennecke angewidert fest. «Sie sind ein ganz mieser, hinterhältiger Dreckskerl! Seien Sie dankbar, dass Sie nur ein Militärpolizist sind und nicht mir unterstehen! Sonst würden Sie mich kennenlernen, das kann ich Ihnen garantieren!»

Es kostete Dressler enorme Beherrschung, dem Obersturmführer nicht seine kräftigen Hände um den Hals zu legen und zuzudrücken, bis jedes Leben aus ihm gewichen war. Ausgerechnet ein Gestapo-Schwein wagte es, ihn zu kritisieren! Wie abgrundtief er diese Ratten verachtete und hasste! Aber im Augenblick war er auf sie angewiesen und musste aufpassen, dass der arrogante Mistkerl ihn nicht doch noch aus dem Wagen werfen liess. Diesen Lange, der neben ihm sass, stufte er nach einem verstohlenen Seitenblick als ziemlich kräftig ein. Also biss er die Zähne zusammen und verhielt sich ruhig. Zumindest vorläufig.

Für die nächsten Minuten herrschte Schweigen. Der Fahrer hatte zunehmend Mühe, den Kübelwagen über die unwegsame und immer schmaler werdende Strecke zu manövrieren, ohne dass sie verunfallten und dabei womöglich in die Tiefe stürzten. Dressler wagte schon gar nicht mehr, aus dem Seitenfenster zu sehen, sondern starrte stur geradeaus auf die breiten Schultern und den Nacken des verhassten Polizeioffiziers.

Als sie den gefährlichsten Abschnitt schliesslich hinter sich zu haben schienen, fragte Brennecke, ohne dabei den Kopf zu wenden: «Wieso hat Sie der SD-Führer eigentlich vom Zug geworfen? Haben Sie ihm gegenüber auch eine dicke Lippe riskiert und sind dabei an den Falschen geraten?»

Dressler schnaubte verächtlich. «Von wegen! Als ich ihn dabei erwischte, wie er die Wagen abhängen wollte, und ihn aufforderte, dies zu unterlassen, hat der Lokführer plötzlich gebremst. Dadurch bin ich vom Dach des vordersten Wagens auf ihn gefallen, worauf er mich angegriffen und von der Lok gestossen hat. Das muss man sich einmal vorstellen: Ein SS-Offizier schubst einen Unteroffizier der Feldgendarmerie, der auf der Jagd nach miesen Deserteuren ist, von einem fahrenden Zug! Was sagen Sie dazu, Herr Gestapo- und SS-Offizier?»

«Moment einmal, habe ich das jetzt richtig verstanden: Er hat also bei voller Fahrt versucht, die frontseitig an der Lokomotive angekoppelten Wagen abzuhängen? Indem er zuvor vom Führerstand zur Front der rückwärtsfahrenden Lok geklettert ist?»

«Ja. Und als ich ihn daran hindern wollte, hat der Zug gebremst, weshalb ich vom Wagendach gefallen bin und der Mistkerl mich einfach vom Zug gestossen hat! Was sagen Sie dazu? Ziemlich seltsames Benehmen für einen Schwarzrock, oder?»

«Und? Hat er die Wagen abgehängt? Nachdem er Sie los war, meine ich.» Brennecke hatte sich auf seinem Sitz umgedreht und sah den Unteroffizier gespannt an.

«Was weiss ich? Ich bin ja schliesslich kein Hellseher. Wünschen würde ich ihm, dass er dabei unter die Räder gekommen ist!»

Brennecke nickte langsam. «Ja, das passt zu Ihnen. Nach allem, was Sie von sich gegeben haben, seit Sie in diesem Wagen sitzen, habe ich Sie genau so eingeschätzt. Sie sind der lebende Beweis dafür, dass Kotzbrocken gerade in solchen Zeiten Hochkonjunktur haben. Ich verachte solch erbärmliche Kreaturen wie Sie zutiefst. Aber auch ihre letzte Stunde wird einmal kommen. Und das ist gut so.»

«Der Blitz soll Sie treffen, Sie überheblicher, arroganter Scheisskerl!», stiess Dressler hasserfüllt zwischen zusammengepressten Zähnen hervor. «Irgendwann sind auch Sie dran!»

Doch Brennecke hatte sich bereits umgedreht und schenkte dem Unteroffizier keine Beachtung mehr. Seine Gedanken kreisten um den seltsamen Hauptsturmführer. Was hatte er vor? Und was fast noch wichtiger war: Wer waren seine Auftraggeber?

Dass die Abwehr und die Geheime Feldpolizei ihre Finger auch irgendwie im Spiel hatten, konnte inzwischen als sicher gelten. Aber weshalb und wie genau, darauf konnte er sich noch keinen Reim machen. Vielleicht waren Sie einfach hinter ihm her, wussten, wer er war.

Ein Spion? Möglich. Aber warum sorgten sie dann dafür, dass er freie Fahrt hatte, anstatt ihn festzunehmen? Wenn es ihnen nur darum ginge, seine Hintermänner aufzuspüren, dann hätten sie ihm kaum mitgeteilt, dass sie ihm den Weg freimachten. Noch dazu durch einen angeblichen Gestapobeamten. Dass es sich dabei tatsächlich um einen solchen gehandelt hatte, bezweifelte er stark.

Und dann war da noch die andere Lokomotive, die als vorausfahrender Rammbock für den Zug mit dem mysteriösen Passagier fungierte, und die Ihnen vorhin alles versaut hatte! Wer hatte sie in Marsch gesetzt? Wer fuhr mit und erteilte den Eisenbahnern die Befehle? So viele

Fragen, auf die er keine Antwort wusste. Aber vielleicht würde er sie bald schon bekommen, wenn es ihm und seinen Männern gelang, den Zug zu stoppen.

Plötzlich schoss ihm ein Gedanke durch den Kopf, bei dem sich ihm die Nackenhaare sträubten. Wer garantierte ihm, dass dieser Feldgendarm tatsächlich war, wofür er sich ausgab? Spielte er ihnen womöglich die ganze Zeit nur ein Theater vor? Gehörte er in Wirklichkeit zu den Beschützern oder zumindest den Unterstützern des angeblichen Hauptsturmführers? Oder war er sogar dessen Komplize? Das war vielleicht etwas weit hergeholt, aber konnte man es mit Sicherheit ausschliessen? Er konnte es nicht, zumindest jetzt nicht.

Doch selbst wenn Dressler echt war, durfte er ihn nicht unterschätzen, nur weil er ihn verabscheute. Falls seine Geschichte stimmte und er tatsächlich auf den Wagendächern des fahrenden Zuges herumgeturnt war, dann machte nur schon das allein den Unteroffizier weitaus gefährlicher, als er ihn bisher eingestuft hatte. Sobald sie ihr Ziel erreicht hatten, würde er ihn entwaffnen und durchsuchen lassen müssen, auch wenn das wieder wertvolle Zeit kostete – Zeit, die sie eigentlich gar nicht hatten.

19. Kapitel

«Wir sind gleich da.»

Die Worte des Fahrers rissen Brennecke aus seinen düsteren Gedanken, und er war keineswegs unglücklich darüber. Sofort konzentrierte er sich wieder voll und ganz auf die unmittelbar bevorstehende Aufgabe.

«Halten Sie neben der Baumgruppe dort drüben, und zwar so, dass sie sich im Licht der Scheinwerfer befindet! Schalten Sie dann den Motor ab und helfen Sie Lange dabei, unseren liebenswerten Fahrgast zu entwaffnen und gründlich zu durchsuchen! Sollte er sich dabei unkooperativ verhalten, erschiessen Sie ihn ohne weitere Vorwarnung, Lange, klar?!»

«Verstanden. Es wäre mir ein Vergnügen! Meine Pistole ist schon die ganze Zeit unter dem Mantel auf seinen hässlichen Kopf gerichtet. Auch als Linkshänder ist man manchmal im Vorteil.»

«Sie sind wohl verrückt geworden!», schrie Dressler entsetzt, nachdem er sich vom ersten Schock erholt hatte.

«Nein, nur vorsichtig. Das müssten eigentlich gerade Sie verstehen. Also machen Sie keine Schwierigkeiten, wenn Ihnen Ihr erbärmliches Leben etwas bedeutet. Wir meinen es todernst.»

Daran schien auch Dressler nicht zu zweifeln, denn er leistete den Anordnungen seiner beiden Bewacher gehorsam Folge.

Den drei Passagieren aus dem hinteren Wagen trug Brennecke auf, sich nach geeigneten Steinen und grossen abgebrochenen Ästen oder kleinen entwurzelten Bäumen umzusehen, während sich der Fahrer als Beobachtungs- und Horchposten nützlich machte. Er selbst befasste sich mit der Feinplanung für das weitere Vorgehen.

Seine grösste Sorge bestand darin, dass sie zu spät gekommen sein und den Zug verpasst haben könnten. Falls es dem Hauptsturmführer tatsächlich gelungen war, die Wagen abzuhängen, würde der Zug gerade auf den ansteigenden Streckenabschnitten wesentlich schneller vorankommen. Allerdings lagen sie trotz des durch Dressler verursachten kurzen Zwischenstopps immer noch gut im Zeitplan. Eigentlich war es fast nicht möglich, dass der Zug schon hier vorbei war. Und wenn doch, dann spielte es keine Rolle mehr, denn dann konnte er es nicht ändern und auch nichts mehr ausrichten. Dann musste sich eben jemand darum kümmern, der sich näher am Zielort des geheimnisvollen Passagiers befand.

Am meisten Kopfzerbrechen bereitete ihm der Rammbock. Selbst wenn sie es zeitlich noch schafften, genügend Material auf die Schienen zu werfen, konnte es trotzdem geschehen, dass er ihnen wieder alles abräumte; entweder mit einem neuerlichen Durchbrechen der Blockade, oder aber indem er hielt, und die Kerle auf der Lok das Gleis von Hand wieder freiräumten. Und in diesem Fall würde es unweigerlich zu Kampfhandlungen kommen. Daran führte kein Weg vorbei.

«Ich höre sie kommen!», meldete der Beobachter.

«Versteckt euch!», rief Brennecke einer plötzlichen Eingebung folgend. «Auch die Fahrzeuge! Hinter dem Felsbrocken dort drüben! Wir lassen den Rammbock durch und errichten erst dann die Blockade!»

Während die beiden Fahrer in ihre Wagen sprangen,

um sie vor den Blicken der nahenden Gegner zu verbergen, stoben die übrigen Männer auseinander und machten sich ebenfalls unsichtbar.

«Dort hinüber!», befahl Lange seinem Gefangenen. Widerwillig setzte sich der Unteroffizier in Bewegung. «Stopp, das reicht! Auf den Bauch legen und die Arme seitlich ausstrecken!»

«Aber der Boden ist hier noch nass und schlammig!», protestierte Dressler.

«Sofort hinlegen, oder ich knalle dich auf der Stelle ab, Kettenhund!» Die Pistole in Langes Hand zuckte ein paar Zentimeter nach vorn und unterstrich seine Entschlossenheit, die Drohung wahrzumachen, auf unwiderstehliche Weise. Ohne weiteren Kommentar fügte sich Dressler dem Befehl.

Der kontinuierlich ansteigende Lärmpegel liess die Anspannung bei allen auf den Zug Wartenden auf ein fast unerträgliches Mass hochschnellen. Würde Brenneckes Plan aufgehen?

Bedrohlich schälten sich die Umrisse der Lokomotive aus den allmählich dem neuen Tag weichenden Schatten dieser ereignisreichen Nacht. Ihr diesmal etwas gemächlicheres Tempo als bei der ersten Begegnung hatte etwas Bedrückendes, ja Beklemmendes an sich. Fast schien es, als wittere sie wie ein wildes Tier die Anwesenheit der Jäger, die sie in eine Falle locken wollten.

Jetzt wurde sie sogar etwas langsamer. Hatten die Männer im Führerstand etwas bemerkt? War einer der Beamten entdeckt worden? Oder eines der Fahrzeuge? Die Sekunden schienen sich zu Minuten zu dehnen. Die Zeit rann wie dickflüssiger, klebriger Sirup durch das Stundenglas. Die Nerven der Abwehrpolizisten waren zum Zerreissen gespannt.

Dann endlich rollte sie an ihnen vorüber und entschwand langsam ihren bangen Blicken. Und aus der anderen Richtung kündigte sich bereits der Zug an, der vielleicht gar kein richtiger mehr war, sondern ebenfalls nur noch aus Lokomotive und Tender bestand.

«Los jetzt!», rief Brennecke. Mehr brauchte er nicht zu sagen. Jeder wusste genau, was er zu tun hatte.

Die Männer arbeiteten schnell und konzentriert, und so schafften sie es, rechtzeitig einen Haufen aus Steinen und quer über den Schienen liegenden Baumteilen aufzutürmen, der mit Fug und Recht als Hindernis bezeichnet werden konnte. Schwitzend begutachteten sie schliesslich zufrieden und auch ein bisschen stolz das Ergebnis ihrer Schufterei, die sich hoffentlich gelohnt hatte.

«Gut gemacht, Leute!», lobte Brennecke seine Untergebenen. «Gleich wird sich zeigen, ob wir für unseren Einsatz auch entsprechend belohnt werden. Wir müssen mit Widerstand rechnen – und auch damit, dass der Rammbock zurückkommt, sobald die andere Lok ihm nicht mehr in einem angemessenen Abstand folgt. Wir dürfen also auch die aus dieser Richtung drohende Gefahr keine Sekunde aus den Augen verlieren, klar? Und nun jeder auf seinen Posten!»

Der Befehl war kaum ausgeführt, als die Scheinwerfer des Tenders der zweiten Lokomotive die Dunkelheit zwischen der Baumgruppe und dem Felsen durchbohrten und kurz darauf die primitive Barrikade auf den Schienen beleuchteten.

Der Lokführer reagierte sehr schnell, doch bei der hohen Geschwindigkeit, die sie nun ohne die Wagen erreichten, war die Strecke bis zum unerwartet vor ihm auftauchenden Hindernis für den entsprechend langen Bremsweg einfach zu kurz. Der Tender prallte gegen die Steine, die sich unter ihm auftürmten und ihn von den Schienen hoben. Mit einem hässlichen Laut kam die Lok gerade noch rechtzeitig zum Stehen, ohne ebenfalls zu entgleisen.

Sofort näherten sich von beiden Seiten Gestapobeamte dem Führerstand und richteten ihre Pistolen auf die drei Männer darin.

«Hauptsturmführer Semmler?», wandte sich Brennecke, der sich unter ihnen befand, mit höflich fragender Stimme an Quint.

«Der bin ich», antwortete Quint ruhig. «Darf ich erfahren, mit wem ich das Vergnügen habe und was das hier alles zu bedeuten hat?»

«Selbstverständlich. Ich bin Obersturmführer Brennecke von der Gestapoabteilung Abwehr und nehme Sie in meiner Funktion als Leiter dieses Sonderkommandos fest. Machen Sie bitte keine Schwierigkeiten und verlassen Sie langsam den Führerstand!»

«Ah, Sie gehören zu Walters Truppe. Er scheint seine Arbeit als Abwehrpolizeichef wirklich gut zu machen. Wie ich gehört habe, soll er aber demnächst zu uns in den SD-Ausland wechseln. Zumindest macht das bei uns gerade die Runde. Sie wissen ja, wie das so ist.»

«Kommen Sie jetzt bitte! Sonst muss ich Sie holen lassen!» Brennecke hatte Quints Absicht, Zeit zu gewinnen, sehr wohl durchschaut und war nicht bereit, das Spiel mitzumachen. Er wollte so schnell wie möglich hier weg.

«Ich komme ja schon.» Quint wusste, dass seine Chancen für eine Flucht nicht gut standen, wenn der Rammbock nicht bald zurückkehrte. Aber ausserhalb der Lok waren sie trotzdem wesentlich besser als hier oben. So kletterte er gehorsam die Stufen hinab.

«Schnallen Sie langsam den Gurt ab und geben Sie meinem Kollegen die Waffe! Aber vorsichtig, wir sind alle etwas angespannt und empfindlich!»

Während Quint der Aufforderung nachkam, glaubte er, die andere Lokomotive zu hören. Er öffnete den Mund, um etwas zu sagen und dadurch das verräterische Geräusch für ein paar Sekunden übertönen zu können. Doch dafür war es bereits zu spät.

«Der Rammbock kommt!», rief jemand, der ein Stück weit weg zu sein schien. Wahrscheinlich ein Späher, der seine Kameraden rechtzeitig vor der Rückkehr der gefürchteten Lok warnen sollte.

Augenblicklich herrschte hektische Betriebsamkeit auf dem Platz. Der Motor eines Wagens wurde gestartet. Einer der Beamten rannte zu der Baumgruppe, hinter welcher Quint jetzt erst ein weiteres Fahrzeug entdeckte.

«Vorwärts, zum Wagen dort drüben!», kommandierte der Obersturmführer und griff nach Quints Arm; ein Fehler, der sich sofort rächte. Mit einer blitzschnellen Bewegung packte Quint Brenneckes Handgelenk und verdrehte ihm den Arm, bis er mit einem Schmerzensschrei die Pistole fallen liess.

Bevor der Abwehrpolizist richtig begriff, wie ihm geschah, traf ihn Quints Faust in die Magengrube und liess ihn zusammenklappen wie ein Taschenmesser. Als dann auch noch die ineinander verschränkten Hände auf seinen Nacken niedersausten, ging Brennecke mit einem Stöhnen zu Boden und blieb reglos liegen.

Nach einem raschen Rundumblick hob Quint die Pistole des Obersturmführers vom Boden auf und rannte geduckt zum entgleisten Kohlewagen. Dort blieb er stehen. Der Tender der rückwärtsfahrenden Lokomotive kam gerade in Sicht. Im Schritttempo näherte er sich dem Tatort. Erst bei genauerem Hinsehen erkannte Quint die Umrisse der Gestalt, die sich so dicht daneben hielt, dass sie mit dem pechschwarzen Klotz zu verschmelzen schien.

«Wo bleibt Brennecke mit dem Gefangenen?», hörte er irgendwo hinter sich einen seiner Jäger rufen.

«Ich habe ihn zuletzt mit dem SD-Führer neben der Lok gesehen! Eigentlich müssten sie längst hier sein!»

Die Nervosität war dem anderen Gestapobeamten an der Stimme deutlich anzumerken. So hatten sie sich das wohl nicht vorgestellt. Die andere Lokomotive hatte ihnen einen gehörigen Strich durch die Rechnung gemacht. Allmählich war es an der Zeit, die Leute kennenzulernen, die so rührend um sein Wohlergehen besorgt zu sein schienen.

Unter der gestrandeten Lokomotive lag Zimmermann und krümmte sich vor Schmerzen. Durch das überraschende Bremsmanöver und den darauffolgenden Aufprall des entgleisenden Tenders war er auf seinem Platz vor dem Dampfkessel, mit dem vor ihm schon Quint und Dressler unsanft in Berührung gekommen waren, ganz schön zusammengestaucht worden.

Angestrengt versuchte er, sich auf die Geräusche und Worte um ihn herum zu konzentrieren und sich ein Bild über die Lage zu machen. Er musste genau den richtigen Moment erwischen, wenn er hier wegkommen wollte.

20. Kapitel

«Semmler», rief die Gestalt neben dem Tender halblaut. «Wo sind Sie? Wir sind hier, um Ihnen zu helfen. Aber wir müssen uns beeilen!»

Quint beschloss, das Risiko einzugehen. «Ich komme», sagte er ruhig. «Halten Sie mir den Rücken frei – und treffen Sie nicht versehentlich mich.»

Nach einem kurzen, sichernden Blick zurück stieg Quint dicht an der Seite des Tenders über die Steine und Holzstücke der Barrikade. Die Distanz zu dem auf ihn wartenden Mann betrug lediglich rund zwanzig Meter, doch sie kam ihm wesentlich länger vor, da er jederzeit mit einem Angriff der Gestapobeamten rechnen musste.

«Steigen Sie in den Führerstand und sagen Sie dem Lokführer, dass er losfahren soll!», trug der Uniformierte Quint auf, als er bei ihm angekommen war. «Ich komme nach, sobald die Maschine rollt und ich sicher bin, dass ihnen keiner der Mistkerle mehr gefährlich werden kann.»

Mit einem stummen Nicken signalisierte Quint, dass er einverstanden war, und ging ohne stehenzubleiben weiter. Als er den linken Fuss auf den untersten Tritt setzte und nach oben blickte, erschien über ihm der Kopf des Lokomotivführers.

«Schnell, kommen Sie!», raunte der bärtige Mann Quint mit drängender Stimme zu.

«Ihr Chef lässt ausrichten, dass Sie sofort abfahren sollen. Er kommt gleich nach.»

«Das müssen Sie mir nicht zweimal sagen! Ich mache mir vor Angst fast in die Hose!» Bei den letzten Worten setzte sich die Lok bereits in Bewegung.

Der Heizer bedachte Quint mit einem misstrauischen Blick. Auch ihm stand die Angst ins Gesicht geschrieben. Quint hatte vollstes Verständnis für die beiden Eisenbahner.

«So, das ist zumindest geschafft!», stellte der Hauptmann in Wehrmachtsuniform zufrieden fest, als er sich in den Führerstand schwang. «Willkommen an Bord, Hauptsturmführer Semmler. Wir haben …»

«Halt! Stehenbleiben!», hörten sie jemanden in einiger Entfernung schreien. Dann waren zwei kurz hintereinander abgegebene Schüsse zu hören.

«Das wird ihnen nichts mehr nützen», stellte der Hauptmann, der mitten im Satz unterbrochen worden war, zufrieden fest. «Dafür sind wir schon zu weit weg.»

Als er die Hände und gleich darauf den Kopf auf der anderen Seite des Führerstands auftauchen sah, zuckte der Offizier erschrocken zusammen und griff zur Pistole.

«Nehmt mich mit!», rief der kräftig gebaute Mann mit angstvoller Stimme. «Ich gehöre nicht zu … Günther? Günther! Was machst du denn hier? Nimm mich mit! Du musst mich mitnehmen, Günther!»

«Verschwinden Sie! Oder ich werfe Sie vom Zug!»

«Erkennst du mich denn nicht? Ich bin es – Wolfgang! Wolfgang Dressler, der Schulkamerad von dir und deinem Bruder Hermann! Menschenskind, da haben wir uns so lange nicht mehr gesehen, und nun begegnen wir uns ausgerechnet hier! Was für ein glücklicher Zufall!»

«Sie müssen mich mit jemandem verwechseln. Ich kenne keinen Wolfgang Dressler. Und Bruder habe ich auch keinen. Also, runter von der Lok, oder ich helfe nach!»

Fassungslos starrte Dressler den Offizier an. «Spinnst du? Wie kannst du so etwas behaupten? Hermann bin ich erst kürzlich begegnet! Er ist bei der GFP und wie du Hauptmann. Er hat mir auch erzählt, dass du bei der Abwehr und dort für Gegenspionage zuständig bist. Die Franck-Brüder, so hat man euch immer genannt.»

«Sie irren sich! Runter, habe ich gesagt!» Mit einem grossen Schritt war der Hauptmann bei Dressler und trat dem Unteroffizier mit voller Wucht gegen die Brust.

Dressler stiess einen Schrei aus, der sowohl Schmerz als auch Wut verriet. «Du verfluchtes Drecksschwein! Was habe ich dir getan?»

Der Hauptmann holte zum nächsten Tritt aus. Doch als der Stiefel zum zweiten Mal auf Dressler zuraste, liess der Unteroffizier den Griff auf einer Seite los und klemmte das Fussgelenk des Angreifers in seiner rechten Armbeuge ein. Der angebliche Abwehroffizier verlor das Gleichgewicht und krachte mit dem Rücken auf den Boden der Lokomotive. Im Liegen zog er das freie Bein an und schmetterte Dressler den Absatz des schweren Schuhs mitten ins Gesicht.

Brüllend liess der Feldgendarm das Bein seines Gegners los und griff wieder nach der zweiten Haltestange der Lok, die er jedoch nur mit den Fingerspitzen berührte, ohne sie richtig zu fassen zu kriegen. Durch die Wucht des brutalen Tritts verlor er das Gleichgewicht und hing nun mit gestrecktem Arm und in Rücklage an der anderen Stange.

Sofort sprang der Hauptmann auf, riss seine Pistole aus dem Holster und schlug mit dem Kolben wie ein

Besessener auf Dresslers Hand ein, bis sich der Unteroffizier schliesslich nicht mehr festhalten konnte. Mit einem markerschütternden Schrei fiel er rückwärts von der Lokomotive.

Langsam richtete sich der Hauptmann auf und wandte sich mit einem etwas gezwungen wirkenden Lächeln Quint zu. «Der aufsässige Kerl muss total übergeschnappt sein. Unter meinen Geschwistern gibt es leider keinen Bruder, sondern nur drei Schwestern, mit denen ich mich nie wirklich gut verstanden habe. Keine Ahnung, weshalb er mich für seinen Schulkameraden gehalten hat.»

«Das passiert mir auch öfters», sagte Quint ruhig und nickte verstehend. «Die Welt ist leider voll von Verrückten. Hier, Ihre Mütze. Im Gegensatz zu Ihrer Uniform scheint sie nicht schmutzig geworden zu sein. Da sind Sie mit Ihrem Feldgrau gegenüber meinem edlen Schwarz klar im Nachteil.»

Der Hauptmann, der inzwischen seine Pistole wieder im Holster versorgt hatte, musterte Quints Gesicht mit einem forschenden Blick, während er die Mütze in Empfang nahm und sie aufsetzte. Da er keine Anzeichen von Spott darin entdecken konnte, klopfte er sich schweigend so gut es ging den Kohlestaub von der Uniform. Als er sich der ihn verstört ansehenden Eisenbahner bewusst wurde, herrschte er sie an: «Was gibt es da zu glotzen? Seht lieber zu, dass wir schneller werden! Jede Minute kann entscheidend sein!»

Betreten wandte sich der Lokführer ab, während der Heizer zur Schaufel griff, um dem hungrigen Feuer neue Nahrung zu geben.

«Da fällt mir ein: Ich habe mich noch gar nicht für Ihre

wertvolle Unterstützung bedankt», meldete sich Quint wieder zu Wort, um die angespannte Atmosphäre im Führerstand etwas aufzulockern. «Ohne Ihre Hilfe hätte der Überfall der Halunken, die den Hinterhalt gelegt haben, Übel ausgehen können.»

Der Hauptmann winkte grossmütig ab. «Bedanken Sie sich, wenn wir am Ziel sind. Noch haben wir es nicht geschafft. Wer weiss, was bis dahin noch alles passieren kann.»

Wortlos bekundete Quint seine Zustimmung mit einem leichten Nicken. Ihm war auf der anderen Lokomotive bedeutend wohler gewesen.

Von seinem Logenplatz unter der gewaltsam gestoppten Lokomotive hatte Zimmermann unbemerkt die versuchte Festnahme des geheimnisvollen Hauptsturmführers, der sich ihm als Frank Semmler vorgestellt hatte, mitverfolgen können.

Dass die Abwehrabteilung der Gestapo einen SD-Führer verhaften wollte, war an sich schon äusserst seltsam. Aber dass die Polizeibeamten nicht davor zurückschreckten, dafür einen Zug zum Entgleisen zu bringen, sprengte sogar sein Vorstellungsvermögen. Schliesslich gehörten beide Organisationen Himmlers schwarzem Orden unter dem Totenkopf an. Das ganze stank zum Himmel!

Der Umstand, dass der Anführer des Überfallkommandos vom Gejagten ohne Waffengewalt ausser Gefecht gesetzt worden war, hatte ihm trotz der Schmerzen ein schadenfrohes Lächeln entlockt. Er war also nicht der Einzige, dem es so ergangen war. Ein kleiner Trost dafür, dass er sich im Zug vom SD-Offizier, der vermutlich gar keiner war, wie ein blutiger Anfänger überrumpeln lassen hatte.

Auch den kurzen Wortwechsel zwischen Semmler und einem anderen Mann hatte er gehört, jedoch nicht alles verstanden. Was er aber begriffen hatte, war, dass seine einzige Chance darin bestand, ebenfalls mit dem anderen Zug von hier zu verschwinden. Und dass es jetzt Zeit dafür war.

Da er nicht unter dem entgleisten Tender hindurchkriechen konnte, musste er wohl oder übel ein Stück weit ohne Deckung auskommen. Entscheidend würde also sein, genau zum richtigen Zeitpunkt unter der Lokomotive hervorzukriechen und am Tender vorbeizukommen, um dann auf den fahrenden Tender der anderen Lok zu klettern. Und das Ganze natürlich möglichst unbemerkt.

Kurz darauf hörte er die Lokomotive anfahren. Jetzt! Eilig kroch er aus seinem Versteck und schob sich dicht an der Seitenwand des Tenders entlang zu dessen Ende. Niemand rief, niemand schoss auf ihn. Alle schienen so sehr mit sich selbst beschäftigt zu sein, dass sie ihn nicht bemerkten oder ihm zumindest keine Beachtung schenkten.

Unbehelligt erreichte er das Heck des fahrenden Tenders und griff nach der Eisenleiter, die auf den flachen Rand hinaufführte. Doch vorerst kletterte er nur die ersten drei Sprossen hinauf, damit ihn die Männer auf der Lokomotive nicht sehen konnten, wenn sie zurückblickten. Und das würden sie zweifellos in diesem Augenblick tun. Ausserdem konnte sich so seine Silhouette nicht vor der helleren Umgebung abzeichnen.

In diesem Augenblick hörte er den Ruf: «Halt! Stehenbleiben!» Erschrocken drehte er sich um, konnte jedoch niemanden erkennen, von dem Gefahr für ihn hätte ausgehen können. Ausserdem stand er selbst ja bereits, obwohl sie fuhren.

Da bemerkte er den vorbeirennenden Mann, der offenbar zur Lok wollte. Jetzt konnten jeden Moment Schüsse fallen, wenn die Gestapobeamten das Feuer auf den Flüchtenden eröffneten. Doch seine Befürchtungen erwiesen sich als unbegründet.

Sie fuhren jetzt immer schneller. Aufatmend entspannte er sich etwas. Er hörte nun laute Stimmen, die vom Führerstand der Lokomotive kommen mussten. Es klang nach einem Streit, der immer heftiger zu werden schien. Trotzdem wurde er von dem entsetzlichen Schrei überrascht, der ihm fast das Blut in den Adern gefrieren liess. So schrie nur jemand, der Todesangst hatte!

Abrupt endete der schreckliche Schrei. Auch von der Lokomotive waren jetzt keine Stimmen mehr zu hören. Nur noch die ihm so vertrauten Geräusche eines in schneller Fahrt dahinrollenden Zuges, die Musik in seinen Ohren waren.

«Ein Glück, dass wir mit dem Tender voran unterwegs waren und die Lok dadurch unversehrt geblieben ist», stellte der Lokführer, der zusammen mit seinem Heizer im Schein einer Eisenbahnerlampe den entstandenen Schaden begutachtete, zufrieden fest. «So brauchen wir nur den Tender abzukoppeln, um zurückzufahren. Wirf aber vorher ein paar Schaufeln Kohle in den Führerstand, damit es sicher bis zum nächsten brauchbaren Bahnhof reicht! Ich will nicht noch mehr Schwierigkeiten. Mein Bedarf für dieses Leben ist gedeckt. Restlos.»

21. Kapitel

Im vorderen der beiden Kübelwagen herrschte deprimiertes Schweigen, und im hinteren würde es nicht anders sein. Müde von den Anstrengungen und der Aufregung dieser langen, schlaflosen Nacht, und zutiefst frustriert über die krachende Niederlage, die sie erlitten hatten, sassen die Abwehrpolizisten auf ihren Plätzen. Jeder hing seinen eigenen Gedanken nach – düsteren Gedanken.

Obersturmführer Brennecke, der von Quints schlagenden Argumenten immer noch etwas benommen war, hatte es sich halbwegs bequem hinter dem Fahrer eingerichtet und seinen ursprünglichen Sitzplatz Lange überlassen. Er musste nachdenken, aber es fiel ihm schwer.

Immer wieder sah er diese verfluchte Lokomotive vor sich, die ihnen alles vermasselt hatte. Wie sie die Holzbarrikade buchstäblich von den Schienen gefegt und dem Zug mit diesem Semmler an Bord den Weg freigemacht, mit brachialer Gewalt freigeräumt hatte. Und die beim zweiten Versuch, der anfangs so erfolgversprechend ausgesehen hatte und dann doch wieder kläglich gescheitert war, genau im dümmsten Moment zurückgekehrt war und ihnen wieder alles kaputt gemacht hatte.

Was aber noch schlimmer war: Dieser mysteriöse Hauptsturmführer fuhr nun nicht mehr auf einem normalen Zug mit gewöhnlichen Eisenbahnern seinem unbekannten Ziel entgegen, sondern er befand sich jetzt auf einer Lok, deren Personal offenkundig keine Hemmungen hatte, alles kurz und klein zu schlagen, was sich ihnen in den Weg zu stellen wagte!

Damit war er beim entscheidenden Punkt angelangt: Wer gab dem Lokführer die Befehle? Wer sorgte dafür, dass sie auf Punkt und Beistrich ausgeführt wurden, ohne Rücksicht auf Verluste? Steckte wirklich die Abwehr dahinter? Oder gab es andere Akteure, von denen sie nichts wussten? Oder an die sie im Traum nicht dachten, weil sie es ihnen einfach nicht zutrauten? Vielleicht sogar – und dieser Gedanke liess ihm den Atem stocken – der SD? War das Ganze am Ende nur eine Inszenierung der neidischen Möchtegerngeheimdienstler, um die Gestapo an der Nase herumzuführen und vor Heydrich blosszustellen?

Aber nein, das war kompletter Unsinn! Damit würden sie sich selbst am meisten schaden. Heydrich – und auch Himmler – würden einen solchen Machtkampf in den eigenen Reihen niemals dulden und die Unruhestifter hart bestrafen. Und Müller erst: Der stiernackige Grobian würde toben und nicht eher ruhen, bis er alle wichtigen SD-Abteilungen unter sein Kommando gebracht und die ihm ablehnend gegenüberstehenden Leiter aus ihren Position verjagt hatte.

Am meisten jedoch beschäftigte ihn die bange Frage, wie er den Misserfolg seinem Vorgesetzten erklären sollte. Wie würde Schellenberg auf sein Versagen reagieren? Dass der ehrgeizige Abwehrpolizeichef Karriere machen wollte, war beileibe kein Geheimnis. Aber wenn diese Schmach bekannt wurde, warf das kein gutes Licht auf die von ihm geführte Abteilung, und damit auch auf ihn.

Obwohl – und wieder erschrak Brennecke vor seinen eigenen Gedanken –, man munkelte seit längerem, dass das Verhältnis zwischen ihm und Müller mittlerweile derart zerrüttet war, dass er Josts Stelle als Leiter des SD-Ausland übernehmen sollte. Wollte er damit Müller eins auswischen, indem er die Gestapo blamierte?

Dass die SD-Romantiker mit ihrer Vorliebe für Kommandounternehmen einen Hang zur Dramatik hatten und dabei auch gern auf fremde Uniformen zurückgriffen, war seit der Inszenierung um den Sender Gleiwitz hinlänglich bekannt. Und in dieser Nacht wimmelte es nur so von Uniformen, die eine breite Palette aus Polizei, SS und Wehrmacht repräsentierten: Gestapo, SD, Feldgendarmerie, ja sogar die GFP war mit von der Partie. Und die Abwehr war eine der Hauptverdächtigen. Wer sollte da noch den Überblick behalten?

Frustriert beschloss Brennecke, sein müdes Gehirn nicht länger mit wilden Spekulationen zu strapazieren, die zu keinem brauchbaren Ergebnis führten. Sollten sich doch andere den Kopf darüber zerbrechen. Solche, die über mehr Informationen verfügten und in seinem konkreten Fall nicht bereit zu sein schienen, ihn daran teilhaben zu lassen.

«Wir sind gleich da, Chef.»

Brennecke brauchte einen Moment, um zu realisieren, dass Langes Worte ihm galten. Er musste wohl eingenickt sein.

«Ja. Danke.» In wenigen Augenblicken würde er ein sehr unangenehmes Telefongespräch führen müssen. Und danach wollte er einfach nur schlafen und den ganzen Mist für ein paar Stunden vergessen.

«War es richtig, die Eisenbahner einfach so zurückzulassen?», meldete sich Lange zögernd erneut zu Wort, als der Wagen hielt, um Brennecke aussteigen zu lassen.

«Ja, ich denke schon. So haben sie keinen von uns richtig zu Gesicht bekommen. Mehr als ein paar uniformierte Gestalten haben sie nicht gesehen. Und was mich betrifft, so könnte sich genauso gut sonst jemand für mich ausgeben haben. Darüber mache ich mir keine allzu grossen Sorgen.»

«Aber dieser Dressler, der mir entkommen ist, weiss sehr wohl, wer wir sind», sagte Lange zerknirscht. «Hätte ich doch nur besser aufgepasst, statt mich von dieser verfluchten Lokomotive ablenken zu lassen!»

«Auch deswegen brauchen Sie sich nicht verrückt zu machen, Lange. Eigentlich können wir sogar froh sein, dass er abgehauen ist. Was hätten wir sonst mit ihm machen sollen? Ihn mitnehmen? Und dann womöglich festhalten? Einen Unteroffizier der Feldgendarmerie? Sie wissen so gut wie ich, dass das nicht geht. Oder hätten Sie ihn lieber an Ort und Stelle erschossen? Auf der Flucht?»

«Nein. Sie haben natürlich recht. Ich ärgere mich nur darüber, dass mich das Schwein übertölpelt hat. Das ist wirklich kein Ruhmesblatt für mich!»

«Was soll ich sagen, nachdem ich mich ja von Semmler, oder wie der Kerl sonst heissen mag, habe niederschlagen lassen? Eigentlich können wir froh sein, dass wir alle noch leben und unverletzt sind. Das Ganze hätte auch weit schlimmer ausgehen können.»

«Da haben Sie allerdings recht, Chef. Und Gefallene lassen sich nur sehr schlecht verheimlichen.»

«Eben.» Brennecke kletterte aus dem Wagen. «Gönnen Sie sich eine Mütze Schlaf. Wir sehen uns später.»

Mit müden Schritten betrat er das Gebäude, nickte dem Wachhabenden kurz zu und betrat sein Dienstzimmer, wo er sich mit einem Seufzer auf seinen Stuhl fallen liess und es sofort bereute, weil seine Kopf- und Nackenschmerzen augenblicklich stärker wurden. Minutenlang sass er einfach so da und dachte an nichts Bestimmtes.

Schliesslich kehrte er wieder in die alltägliche Gegenwart zurück, die ihm gerade ziemlich zu schaffen machte, und griff nach dem Telefonhörer. Während er die Nummer wählte, stellte er sich vor, wie der Gesichtsausdruck seines Chefs gleich von froher Erwartung zunächst in grenzenlose Enttäuschung und dann in masslosen Ärger umschlagen würde.

«Ja?», meldete sich der Sturmbannführer mit erwartungsvoller Stimme, was dazu führte, dass der Berichterstatter grinsen musste, obwohl im eigentlich überhaupt nicht danach zumute war.

«Brennecke am Apparat», sagte der Obersturmführer knapp und machte eine Pause, um seinem Gesprächspartner Gelegenheit und Zeit zu geben, die unheilvolle Ahnung in sich aufsteigen zu lassen.

«Waren Sie erfolgreich, Brennecke?», klang es zweifelnd und ohne jegliche Spur von Euphorie aus dem Hörer.

«Nein, Sturmbannführer, leider waren die anderen besser als wir», antwortete Brennecke mit einer Leichtigkeit, die ihn selbst überraschte, und fügte bedeutungsvoll hinzu: «Vor allem besser vorbereitet.»

«Was wollen Sie damit andeuten?»

«Die Gegenseite verfügte über Helfer, um nicht zu sagen Beschützer, die in der Lage waren, fast alle Hindernisse aus dem Weg zu räumen. Beinahe so, als hätten sie über unsere Schritte schon im Voraus Bescheid gewusst, und sich entsprechend darauf eingestellt.»

«Ist Ihnen eigentlich bewusst, was Sie da gerade gesagt haben, Brennecke?», brauste der Sturmbannführer auf. «Wollen Sie ernsthaft behaupten, dass wir in unseren Reihen Verräter haben? Denn darauf läuft es doch hinaus!»

Brennecke zuckte mit den Schultern, obwohl sein Chef das nicht sehen konnte. «Können wir es zu hundert Prozent ausschliessen? Würden Sie für jeden einzelnen Mann die Hand ins Feuer legen?»

Für ein paar Sekunden herrschte Stille in der Leitung. Der Obersturmführer dachte schon, sein Vorgesetzter hätte aufgelegt, und wollte es gerade selbst tun.

«Erzählen Sie der Reihe nach», tönte es ruhig aus dem Hörer, als Brennecke gerade im Begriff war, ihn auf die Gabel fallen zu lassen.

Schnell riss er die Hand zurück und presste den Hörer wieder ans Ohr. Ausführlich schilderte er dem Sturmbannführer die Ereignisse der letzten Stunden, ohne von diesem auch nur ein einziges Mal unterbrochen zu werden.

Als er seinen Bericht schliesslich beendet hatte, sagte der Sturmbannführer nachdenklich: «Sie haben recht, Brennecke. Das ist tatsächlich etwas viel, um es als Zufall abzutun. Sie haben richtig gehandelt, mich darauf aufmerksam zu machen. Ich weiss Ihre Offenheit zu schätzen und mache Ihnen auch keinen Vorwurf, dass das Unternehmen gescheitert ist. Sie und Ihre Männer haben alles getan, um es zu einem Erfolg werden zu lassen. Aber unter den gegebenen Umständen war das fast unmöglich. Für Sie ist die Sache damit erledigt.»

Ungläubig legte Brennecke auf. Man lernte nie aus.

Nachdem er lange und gründlich über alles, was ihm Brennecke berichtet hatte, nachgedacht hatte, griff der SS-Sturmbannführer erneut zum Telefon.

«Verbinden Sie mich mit Major Raschke von der GFP! Schnell!», trug er dem Telefonisten auf.

Während er auf die Verbindung wartete, huschte ein zufriedenes Lächeln über sein Gesicht. Mit etwas Glück liess sich die vermeintliche Niederlage doch noch in einen Sieg ummünzen. Gewinner hatten deutlich bessere Karriereaussichten als Verlierer. Und er würde ein Gewinner sein.

Das ungewohnt energische Klopfen liess den kurz hinter seinem Schreibtisch eingenickten Hauptmann, der sich die halbe Nacht mit der spurlosen Beseitigung der Leiche von Leutnant Keller um die Ohren geschlagen hatte, erschrocken zusammenfahren.

Noch bevor er darauf in irgendeiner Form reagieren konnte, flog die Tür krachend gegen die Wand und gab den Blick auf zwei Offiziere im Majorsrang frei.

«Hauptmann Hermann Franck, ich nehme Sie unter dem dringenden Verdacht des Mordes an Leutnant Bernhard Keller vorläufig fest!» Der Major in der Uniform der Feldgendarmerie schwenkte ein Blatt Papier, doch seine rechte Hand mit der auf die Brust des Hauptmanns gerichteten Pistole war vollkommen ruhig.

«Stehen Sie auf, Franck!», befahl der Major der Geheimen Feldpolizei, dessen Pistole ebenfalls auf seinen Untergebenen zielte, mit vor Wut bebender Stimme. «Wenn Sie sich der Festnahme entziehen wollen, erschiesse ich Sie auf der Stelle! Sie dreckiges Schwein!»

22. Kapitel

Die Spannung auf der Lokomotive war förmlich mit den Händen greifbar. Seit dem hässlichen Vorfall mit dem Feldgendarmen hatte niemand mehr ein Wort gesprochen. Abgesehen von den beiden Eisenbahnern untereinander, die sich schon lange kannten, misstraute jeder dem anderen zutiefst.

Während der Lokführer und der Heizer wenigstens ihrer Arbeit nachgehen konnten, standen Quint und der Hauptmann untätig so weit wie nur möglich voneinander entfernt und liessen sich nie länger als ein paar Sekunden aus den Augen. Die Zeit verging quälend langsam.

Dass der unterlegene Unteroffizier den Hauptmann tatsächlich erkannt hatte, stand für Quint ausser Zweifel. Zu detailliert waren seine Aussagen, zu glaubwürdig seine Mimik gewesen. Es stellte sich daher für ihn nicht die Frage ob, sondern lediglich weshalb der Offizier gelogen hatte.

War es einfach deshalb, weil er seine Identität und Funktion vor den Eisenbahnern geheim halten wollte? Das erschien auf den ersten Blick für einen Helfer eines ausländischen Geheimagenten logisch. Aber wieso sollte ein deutscher Offizier, der laut Aussage seines angeblichen Schulkameraden für die Abwehr arbeitete, sich so für einen MI6-Agenten ins Zeug legen? War er etwa ein Doppelagent?

«Wir sind gleich am Ziel.» Der Hauptmann schien

über seine eigene Feststellung keineswegs unglücklich zu sein. Und damit war er nicht der Einzige. Im Gegenteil. Die Erleichterung war allen anzumerken, wenngleich es noch nicht ganz so weit war.

Wenige Minuten später drosselte der Lokführer die Geschwindigkeit. Als er kurz darauf hielt, verliess der Heizer den Führerstand und stellte die Weiche um, die auf ein Abstellgleis führte, das ziemlich lang zu sein schien. Dort wartete er, bis die Lok die Spur gewechselt hatte, und machte dann die Weichenumstellung rückgängig. Als er wieder in den Führerstand kletterte, schien er dies nur sehr widerwillig zu tun.

«Fahren Sie bis zum Gleisende!», befahl der Hauptmann dem Lokführer barsch.

Im Schritttempo rollten sie so fast drei Minuten, bis es schliesslich nicht mehr weiterging. Dicht vor dem Prellbock stoppte der Lokführer die Maschine.

«Ihr bleibt hier und wartet, bis ich zurückkomme!», herrschte der Hauptmann die beiden Eisenbahner an. «Ist das klar?»

«Ja», bestätigte der Lokführer heiser, während sein Kamerad stumm nickte.

«Kommen Sie, Hauptsturmführer, ich zeige Ihnen den Weg. Es ist nicht mehr weit.»

«Ich bin froh, wenn ich mir ein wenig die Beine vertreten kann, Hauptmann», antwortete Quint aufrichtig, bevor er hinter dem Wehrmachtsoffizier von der Lokomotive kletterte.

Schweigend gingen sie nebeneinander her, bis sie zu einer Reihe von dornigen Büschen kamen, zwischen denen ein schmaler Trampelpfad zu einem steinigen Strand hinunterführte.

«Ich gehe voraus, wenn es Ihnen recht ist», schlug der Hauptmann vor und setzte seine Worte in die Tat um, ohne eine Einverständniserklärung Quints abzuwarten.

Nach einer knappen Minute erreichten sie eine kleine, geschützte Bucht, in der ein Ruderboot mit Aussenbordmotor an einem quer zwischen zwei grossen Steinen liegenden rostigen Stück Rohr festgemacht war.

Der Hauptmann deutete auf den Aussenborder. «Der Tank ist randvoll. Treibstoffmangel werden Sie also mit Sicherheit keinen haben. Ausserdem wurde der Motor vor zwei Tagen überprüft und gewartet. In der Segeltuchtasche befindet sich frisches Trinkwasser und Proviant sowie Zivilkleidung. Wenn Sie wollen, kann ich Ihnen auch noch eine Packung von meiner Munition überlassen. Im Boot wollten wir sicherheitshalber keine herumliegen lassen.»

Das leise Geräusch zweier gegeneinanderschlagender Steine liess beide herumfahren. Keine fünf Meter hinter ihnen stand ein Mann in Wehrmachtsuniform. Seine Pistole zielte in ihre Richtung, doch schien es, als wäre sich der Oberleutnant nicht sicher, wer von beiden gefährlicher war.

«Keine falsche Bewegung! Mein Zeigefinger juckt heute wieder entsetzlich.» Dann weiteten sich seine Augen vor Überraschung. «Fogerty! Sie hier? Was um alles in der Welt tun Sie hier? Warum sind Sie nicht in London?»

Die rechte Hand des Hauptmanns verschwand blitzschnell in der Tasche seines Uniformrocks. Fast gleichzeitig krachte ein Schuss. Quint machte einen Satz vom Hauptmann weg und warf sich zu Boden. Bevor er seine Waffe ganz aus dem Holster hatte, rief Zimmermann: «Semmler, nein! Lassen Sie die Waffe stecken, sonst muss ich auch auf Sie schiessen!»

Langsam liess Quint die Pistole los und streckte seine rechte Hand in die Luft. «In Ordnung, ich werde Ihnen zuhören – und dem deutschen Hauptmann, der allergisch auf den Namen Fogerty reagiert.»

«Habe ich Ihr Wort, dass Sie keine Dummheiten versuchen, bis sich alles restlos aufgeklärt hat?»

«Das haben Sie. Oberleutnant Zimmermann.»

Der Hauptmann lag mit offenem Mund auf dem Rücken. Sein Atem ging röchelnd. Der Uniformrock färbte sich langsam rot. Es war offensichtlich, dass er nicht mehr viel Zeit hatte.

Als sein rastlos umherirrender Blick den über ihm stehenden Oberleutnant erkannte, stiess er mühsam hervor: «Barclay. Sie sind es also. Ausgerechnet.»

«Warum wollten Sie auf mich schiessen, Fogerty? Was tun Sie hier?»

«Fragen Sie ihn», stiess der Hauptmann mühsam hervor, als sein Blick auch Quint erfasste. «Er wird die Antwort inzwischen kennen.»

«Ihr Schulfreund Dressler hatte recht, nicht wahr?», begann Quint langsam, während das Bild vor seinem inneren Auge immer klarer wurde. «Sie sind Hauptmann Günther Franck, Offizier der deutschen Abwehr, und der Bruder von Hermann Frank, der bei der Geheimen Feldpolizei den gleichen Rang wie Sie bekleidet. Ihre Aufgabe war es, mir die Flucht mit den Plänen für die deutsche Invasion Englands möglichst einfach zu machen. Nur, dass es sich dabei lediglich um Spielmaterial der deutschen Spionageabwehr handelt, das man mir untergejubelt hat. Habe ich recht, Franck?»

«Das schmeckt Ihnen überhaupt nicht, Quint, was?»

Das Grinsen auf dem Gesicht des Doppelagenten wirkte eher gequält als hämisch. «Als Wolfgang plötzlich an der Lok hing und mich erkannte, wusste ich sofort, dass Sie die Wahrheit erkennen würden. Dieser verfluchte Idiot! Die einzige Chance, Sie in Bezug auf Echtheit und Qualität Ihrer erbeuteten Angriffspläne doch noch zu täuschen, war der Umstand, dass Sie Fogerty nur dem Namen nach kannten, ihn jedoch noch nie zu Gesicht bekommen hatten – bis eben, als Barclay mich mit diesem Namen angesprochen hat.»

Franck, dem das Reden immer schwerer fiel, musste vor Anstrengung husten. Ein Schwall Blut quoll aus seinem Mund.

«Und Ihr Bruder war auch involviert, nicht wahr?»

«Ja. Er hat alles koordiniert und korrigierend eingegriffen, als Ihr Zug plötzlich in die falsche Richtung fuhr und das Unternehmen zu scheitern drohte. Deshalb musste ich auch selbst in Erscheinung treten. Das war nicht geplant.» Die Stimme des Hauptmanns war kaum noch zu hören. Plötzlich ging ein Ruck durch seinen Körper, und sein Kopf rollte kraftlos zur Seite.

«Woher kannten Sie Franck – oder besser gesagt: Fogerty?», erkundigte sich Quint bei seinem unerwarteten Helfer, der offenbar ein Kollege war. «Und für wen genau arbeiten Sie?»

«Special Operations Executive. Er war einer meiner Ausbilder für Taktik. Auf die Idee, dass er ein deutscher Maulwurf ist, wäre ich nie im Leben gekommen!»

«Was werden Sie nun tun?»

«Das, wofür ich von der SOE ausgebildet worden bin: deutsche Munitionszüge sabotieren und sprengen.»

Epilog

Das Feuer im Kamin hinter dem wuchtigen Schreibtisch brannte und verbreitete wohlige Wärme im Raum. Aber gegen die kühle Distanz zwischen den beiden Männern war es machtlos.

Mit finsterem Gesicht blätterte der Major in der unter dem Titel *Unternehmen Seelöwe* zusammengefassten Fülle an Karten, Analysen und anderen Dokumenten mit detaillierten Truppenaufstellungen und Angriffsplänen. Zu glauben, dass es sich dabei um ein äusserst geschicktes Täuschungsmanöver der deutschen Abwehr handeln sollte, fiel ihm unendlich schwer.

Noch viel mehr schmerzte und beunruhigte ihn jedoch, dass einer seiner fähigsten Führungsoffiziere ein deutscher Spion sein sollte. Fogerty, sein brillantester Einsatzstratege, ein Maulwurf? Ein dreckiger, hinterhältiger und verlogener Doppelagent und Verräter? Nein, das konnte nicht, das durfte einfach nicht wahr sein! Das würde das sofortige Ende seiner so eindrucksvollen Karriere bedeuten! Würde man ihn vielleicht sogar ebenfalls des Verrats verdächtigen und in Gewahrsam nehmen? Ihn vor ein Gericht stellen? Bei dem Gedanken daran brach ihm der kalte Schweiss aus.

«Sie müssen sich irren, Quint!», ging der Major in die Offensive. «Man hat Sie reingelegt, und nun versuchen Sie, die Schuld auf andere abzuwälzen! Ihr Verhalten ist empörend und beschämend!»

Quint nickte. «Das ist genau das Verhalten, das ich

von Ihnen erwartet habe. Aber damit kommen Sie nicht durch, Briggs. Diesmal und bei mir nicht, das verspreche ich Ihnen!»

«Was fällt Ihnen ein, so mit mir zu reden, Sie aufgeblasener, arroganter kleiner Feldagent!»

«Aufgeblasen und arrogant? Ausgerechnet Sie werfen mir das vor? Wenn nicht ein deutscher Feldgendarm seinen Schulkameraden und ein SOE-Saboteur seinen ehemaligen Ausbilder erkannt hätten, würden Sie zusammen mit Ihren hoch gelobten Analytikern und unseren Militärstrategen tagelang über diesem Material brüten – über Spielmaterial der deutschen Abwehr, wohlgemerkt –, und unweigerlich falsche Schlüsse daraus ziehen und Fehlentscheidungen von enormer Tragweite treffen!»

«Warum haben Sie die Dokumente überhaupt mitgebracht, wenn Sie sich doch angeblich so sicher sind, dass sie gefälscht sind?», brauste der Major auf.

«Gerade *weil* ich weiss, dass es sich um eine raffinierte Falle handelt», entgegnete Quint und stand auf. «Denken Sie einmal in Ruhe darüber nach. Vielleicht fällt ja auch bei Ihnen irgendwann der Groschen, wie es auf Deutsch so schön heisst!»

«Das wird Konsequenzen haben, Quint!», drohte der Major wütend, als der Agent bereits an der Tür stand.

«Das will ich doch hoffen, Briggs!»

Nicht besonders laut, aber mit Nachdruck, schloss Quint die Tür von aussen.